U0136536

綠蠹魚
READ IT!

靈魂飯

余華◎著

余華隨筆

遠

靈魂飯

作者………………余　華

●

執行主編…………游奇惠
特約編輯…………趙曼如
封面設計…………A+design

●

發行人……………王榮文
出版發行…………遠流出版事業股份有限公司
台北市汀州路三段184號7樓之5
電話………………(02)2365-1212
傳真………………(02)2365-7979
郵政劃撥…………0189456-1

●

香港發行…………遠流（香港）出版公司
香港北角英皇道310號雲華大厦4樓505室
電話………………(852)2508-9048
傳真………………(852)2503-3258
香港售價…………港幣66元

●

法律顧問…………王秀哲律師・董安丹律師
著作權顧問………蕭雄淋律師

●

排版印刷…………鴻柏印刷事業股份有限公司

●

2002年12月1日 ……………初版一刷
行政院新聞局局版台業字第1295號
售價………………200元

ISBN 957-32-4794-1

YLib.com 遠流博識網
http://www.ylib.com
e-mail : ylib@ylib.com

目次

音樂的敘述

這是羅斯特羅波維奇❶的大提琴和塞爾金❷的鋼琴。旋律裏流淌著夕陽的光芒，不是熾熱，而是溫暖。在敘述的明暗之間，作者的思考正在細水長流，悠遠和沉重。即便是變奏也顯得小心翼翼，猶如一個不敢走遠的孩子，時刻回首眺望著自己的屋門。音樂呈現了難以言傳的安詳，與作者的其他室內樂作品一樣，內省的精神在抒情裏時隱時現，彷彿是流動之水的跳躍，沉而不亮。在這裏，作者是那樣的嚴肅，一絲不苟，他似乎正在指責自己，他在揮之不去的遺憾、內疚和感傷裏，讓思想獨自前行，苦行僧般地行走在荒漠之中，或者佇立在一片無邊無際的水之間，自嘲地凝視著自己的倒影。重要的是，無論是指責還是自嘲，作者都表達了對自己深深的愛意。這不是自暴自棄的作品，而是一個無限熱愛自己的人，對自己不滿和失望之後所發表的歎息。這樣的歎息似乎比欣賞和讚美更加充滿了愛的聲音，低沉有力，緩慢地構成了他作品裏最動人的品質。

一八六二年，勃拉姆斯❸開始爲大提琴和鋼琴寫作第一首奏鳴曲，一八六五年完成了這首E小調的傑作；二十一年以後，一八八六年，他寫下了F大調的第二首大提琴和鋼琴奏鳴曲。這一年，李斯特去世了，而瓦格納❹去世已近三年。歲月縮短了，勃拉姆斯步入了五十三歲，剩下的光陰屈指可數。當音樂上的兩位宿敵李斯特和瓦格納相繼離世之後，勃拉姆斯終於擺脫了別人爲他們製造出來的紛爭，他獲得了愉快的生活，同時也獲得了孤獨的榮譽。他成爲了人人尊敬的大師，一個又一個的勃拉姆斯音樂節在歐洲的城市裏開幕，在那些金碧輝煌的音樂大廈裏，他的畫像和莫札特、貝多芬、舒伯特的畫像掛在了一起。雖然瓦格納的信徒們立刻推舉出了新的領袖布魯克納，雖然新德國樂派已經孕育出了理查·施特勞斯❺和古斯塔夫·馬勒；可是對勃拉姆斯來說，布魯克納不過是一個「拘謹的教士」，他的龐大的交響曲不過是「蟒蛇一條」，而施特勞斯和馬勒僅僅是年輕有爲剛剛出道而已，新德國樂派已經無法對他構成眞正的威脅。這期間他經常旅行，出席自己作品的音樂會和訪問朋友，這位老單身漢喜歡將糖果塞滿自己的口袋，所以他每到一處都會有一群孩子追逐著他。他幾次南下來到義大利，當火車經過羅西尼的故鄉時，他站起來在火車上高聲唱起《塞爾維亞理髮師》中的詠歎調，以示對羅西尼的尊敬。他和朋友們一路來到了那不勒斯近旁的美麗小城蘇蓮托，坐在他畢生的支持者漢斯立克[6]的桔子園裏，喝著香檳酒，看著海豚在懸崖下的那不勒斯灣中嬉水。這期間他很可能回憶起了年輕的時光和克拉拉的美麗，回憶起馬克森的教誨和舒曼的熱情，回憶起和約阿希姆到處遊蕩的演奏生涯，回憶起巴洛克時期的巴赫[7]和亨德爾[8]，回憶起貝多芬的浪漫之旅，回憶起父母生前的關懷，回憶起一生都在頭疼的姊姊和倒楣的弟弟。他的弟弟和他同時學習音樂，也和他一樣都是一生從事音樂，可是他平庸的弟弟只能在他輝煌的陰影裏黯然失色，所有的人都稱他弟弟爲「錯誤的勃拉姆斯」。他的回憶綿延不絕，就像是盤旋在他頭頂的鷹一樣，向他張開著有力的爪子，讓他在剩下的歲月裏，學會如何銘記自己的一生。

應該說，是約阿希姆最早發現了他音樂中「夢想不到的原創性和力量」，於是這位偉大的小提琴家就將勃拉姆斯推到了李斯特的身邊。當時的李斯特四十一歲，已經從他充滿傳奇色彩的鋼琴演奏會舞臺退休，他住在魏瑪的藝術別墅裏領導著一支前衛的德國音樂流派，與門德爾松❾的信徒們所遵循的古典理想絕然不同，李斯特以及後來的瓦格納，正在以鬆散的結構形式表達內心的情感。同時李斯特爲所有同情他理想的音樂家敞開大門，阿爾騰堡別墅差不多聚集了當時歐洲最優秀的年輕人。勃拉姆斯懷著膽怯之心也來到這裏，因爲有約阿希姆的美言，李斯特爲之著迷，請這位年輕的作曲家坐到琴前，當著濟濟一堂的才子佳人，演奏他自己的作品，可是過於緊張的勃拉姆斯一個音符也彈不出來，李斯特不動聲色地從他手中抽走手稿，精確和沉穩地演奏了他的作品。

在阿爾騰堡別墅的日子，勃拉姆斯並不愉快，這位來自漢堡貧民窟的孩子顯然不能習慣那裏狂歡辯論的生活，而且所有的對話都用法語進行，這是當時歐洲宮庭的用語。雖然勃拉姆斯並不知道自己音樂的風格是什麼，但是他已經意識到在這個集團裏很難找到共鳴。雖然他喜歡李斯特這個人，並且仰慕他的鋼琴造詣，但是對他描繪情感時誇張的音樂開始感到厭倦。當李斯特有一次演奏自己作品時，勃拉姆斯坐在椅子裏睡著了。

仍然是約阿希姆幫助了他，使他年方二十，走向了舒曼。當他看到舒曼和克拉拉還有他們六個孩子住在一棟樸素的房子裏，沒有任何其他人，沒有知識分子組成的小團體等著要嚇唬他時，他終於知道了自己一直在尋找的是什麼。他尋找的就是像森林和河流那樣自然和眞誠的音樂，就是音樂中像森林和河流一樣完美的邏輯和結構。同時他也知道了自己爲什麼會拒絕加入李斯特和瓦格納的新德國樂派，他接近的是音樂中的古典理想，他從門德爾松、蕭邦和舒曼延伸過來的道路上，看到屬於自己的道路，而他的道路又通向了貝多芬和巴赫。舒曼和克拉拉熱情地款待了他，爲了回報他們的誠摯之情，勃拉姆斯彈奏了自己的作品，這一次他沒有絲毫的緊張之感。隨後舒曼寫道：「他開始發掘出眞正神奇的領域。」克拉拉也在日記裏表白：「他彈奏的音樂如此完美，好像是上帝差遣他進入那完美的世界一般。」

勃拉姆斯在舒曼這裏領取了足以維持一生的自信；又在克拉拉這裏發現了長達一生的愛情，後來他將這愛情悄悄地轉換成了依戀。有支取就有付出，在勃拉姆斯以後的寫作裏，舒曼生前和死後的目光始終貫穿其間，它通過克拉拉永不變質的理解和支援，來溫和地注視著他，看著他在衆多的作品裏如何分配自己的天賦。

還有貝多芬和巴赫，也在注視著他一生的創作。尤其是貝多芬，勃拉姆斯似乎是自願地在貝多芬的陰影裏出發，雖然他在《第一交響曲》裏完成了自我對貝多芬的跳躍，然而貝多芬集中和凝聚起來的音樂架構仍然牢牢控制住了他，慶幸的是，他沒有貝多芬那種對戰爭和勝利的狂熱，他是一個冷靜和嚴肅的人，是一個內向的人，這樣的品性使他的音樂裏流淌著正常的情緒，而且時常模稜兩可。與貝多芬完全不同的是，勃拉姆斯敍述的力量時常是通過他的抒情性滲透出來，這也是舒曼所喜愛的方式。

《第一交響曲》讓維也納欣喜若狂，這是勃拉姆斯最爲熱愛的城市。維也納人將他的《第一交響曲》稱做貝多芬的《第十交響曲》，連漢斯立克都說：「沒有任何其他作曲家，曾如此接近貝多芬偉大的作品。」隨後不久，勃拉姆斯又寫下了充滿溪流、藍天、陽光和涼爽綠蔭的《第二交響曲》，維也納再一次爲他歡呼，歡呼這一首勃拉姆斯的《田園》。維也納人想貝多芬想瘋了，於是勃拉姆斯在他們眼中就是轉世的貝多芬，對他們之間的比較超過了音樂上的類比：兩人都是單身漢，都身材矮小，都不修邊幅，都愛喝酒，而且都以壞脾氣對待圍攻他們的人。這使勃拉姆斯怒氣沖沖，有一次提到貝多芬時他說：「你不知道這個傢伙怎麼阻止了我的前進。」爲此，勃拉姆斯爲他的《第一交響曲》猶豫不決了整整二十年。如果說勃拉姆斯對貝多芬是愛恨交加的話，那麼對待巴赫他可以說是一往情深。當時的巴赫很少爲人所知，勃拉姆斯一生中的很多時間都在宣傳和頌揚著他，而且隨著歲月的流逝，巴赫作品中超凡脫俗的品質也出現在勃拉姆斯的作品中。

在那個時代，勃拉姆斯是一個熱愛舊音樂的人，他像一個眞誠的追星族那樣，珍藏著莫札特G小調交響樂、海頓作品二十號絃樂四重奏和貝多芬的《海默克拉維》等名曲的素描簿；並且爲出版社編輯了第一本完整的莫札特作品集和舒伯特的部分交響樂。他對古典主義的迷戀使他獲得了無瑕可擊的作曲技巧，同時也使他得到了嚴格的自我批評的勇氣。他個人的品格決定了他的音樂敍述，反過來他的音樂又影響了他的品格，兩者互相攙扶著，他就讓自己越走越遠，幾乎成爲了一個時代的絆腳石。

勃拉姆斯懷舊的態度和固執的性格，使他爲自己描繪出了保守的形象，使他在那個時代裏成爲了激進主義的敵人，從而將自己捲入了一場沒完沒了的紛爭之中，無論是讚揚他的人還是攻擊他的人，都指出了他的保守，不同的是讚揚者是爲了維護他的保守，而攻擊者是要求他激進起來。有時候，事實就是這樣令人不安，同樣的品質既受人熱愛也被人仇恨。於是他成爲了德國音樂反現代派的領袖，在一些人眼中他還成爲了音樂末日的象徵。

激進主義的李斯特和瓦格納是那個時代的代表，他們也確實是那個時代當之無愧的代表。尤其是瓦格納，這位半個無政府主義和半個革命者的瓦格納，這位集天才和瘋子於一身的瓦格納，幾乎是十九世紀的音樂裏最富於戲劇性的人物。毫無疑問，他是一位劇場聖手，他將舞臺和音響視爲口袋裏的錢幣，像個花花公子似的盡情揮霍，卻又從不失去分寸。《尼貝龍根的指環》所改變的不僅僅是音樂戲劇的長度，同時也改變了音樂史的進程，這部掠奪了瓦格納二十五年天賦和二十五年瘋狂的四部曲巨作，將十九世紀的大歌劇推上了懸崖，讓所有的後來者望而生畏，誰若再向前一步，誰就將粉身碎骨。在這裏，也在他另外的作品裏，瓦格納一步步發展了懾人感官的音樂語言，他對和聲的使用，將使和聲之父巴赫在九泉之下都會感到心驚肉跳。因此，比他年長十一歲的羅西尼只能這樣告訴人們：「瓦格納有他美麗的一刻，但他大部分時間裏都非常恐怖。」

李斯特沒有恐怖，他的主題總是和諧的，而且是主動的和大規模的，同時又像舒曼所說的「魔鬼附在了他的身上」。應該說，他主題部分的敍述出現在十九世紀的音樂中時是激進和現代的。他的大規模的組織結構直接影響了他的學生瓦格納，給予了瓦格納一條變本加厲的道路，慫恿他將大規模的主題概念推入了令人不安的敍述之中。而李斯特自己的音樂則是那麼的和諧，猶如山坡般寬闊地起伏著，而不是山路的狹窄的起伏。他的和諧不是巴洛克似的工整，他激動之後也會近似於瘋狂，可他從不像貝多芬那樣放縱自己。在內心深處，他其實是一位詩人，一位行走在死亡和生命、現實和未來、失去和愛的邊界的詩人，他在《前奏曲》的序言裏這樣寫道：「我們的生活就是一連串對無知未來的序曲，第一個莊嚴的音符是死亡嗎？每一天迷人的黎明都以愛爲開端……」

與此同時，在人們的傳說中，李斯特幾乎是有史以來最偉大的鋼琴演奏家，這位匈牙利人的演奏技巧如同神話一樣流傳著，就像人們談論著巴赫的管風琴演奏。錄音時代的姍姍來遲，使這樣的神話得到了永不會破滅的保護。而且李斯特的舞臺表現幾乎和他的演奏技巧一樣卓越，一位英國學者曾經這樣描述他的演奏：「我看到他臉上出現那種摻和著滿面春風的痛苦表情，這種面容我只在一些古代大師繪製的救世主的畫像中見到過。他的手在鍵盤上掠過時，我身下的地板像鋼絲一樣晃動起來，整個觀衆席都籠罩在聲音之中。這時，藝術家的手和整個身軀垮了下來。他昏倒在替他翻譜的朋友的懷抱中，在他這一陣歇斯底里的發作中我們一直等在那裏，一房間的人全都嚇得凝神屏氣地坐著，直到藝術家恢復了知覺，大家才透出一口氣來。」

勃拉姆斯就是生活在這樣的一個時代，一個差不多屬於了瓦格納的時代，一個李斯特這樣的魔鬼附身者的時代，一個君主制正在衰落、共和制正在興起的時代，一個被荷爾德林歌唱著指責的時代——「你看得見工匠，但是看不見人；看得見思想家，但是看不見人；看得見牧師，但是看不見人；看得見主子和奴才、成年人和未成年人，但是看不見人。」那時的荷爾德林已經身患癲疾，正在自己疲憊的生命裏苟延殘喘，可他仍不放過一切指責德國的機會，「我想不出來還有什麼民族比德國人更加支離破碎的了」。做爲一位德國詩人，他抱怨「德國人眼光短淺的家庭趣味」，他將自己的歡呼送給了法國，送給了共和主義者。那個時代的巴黎，維克多・雨果宣讀了他的《克倫威爾序言》，他正在讓克倫威爾口出狂言：「我把議會裝在我的提包裏，我把國王裝在我的口袋裏。」

然後，《歐那尼》上演了，巴黎劇院裏的戰爭開始了——「幕布一升起，一場暴風雨就爆發了；每當戲劇上演，劇場裏就人聲鼎沸，要費盡九牛二虎之力才能把戲劇演到收場。連續一百個晚上，《歐那尼》受到了『噓噓』的倒采，而連續一百個晚上，它同時也受到了熱忱的青年們暴風雨般的喝采。」維克多・雨果的支持者們，那群年輕的畫家、建築家、詩人、雕刻家、音樂家還有印刷工人一連幾個晚上遊蕩在里佛里街，將「維克多・雨果萬歲」的口號寫滿了所有的拱廊。雨果的敵人們訂了劇院的包廂，卻讓包廂空著，以便讓報紙刊登空場的消息。他們即使去了劇院，也背對舞臺而坐，手裏拿著份報紙，假裝聚精會神在讀報，或者互相做著鬼臉，輕蔑地哈哈大笑，有時候尖聲怪叫和亂吹口哨。維克多・雨果安排了三百個座位由自己來支配，於是三百個雨果的支持者銅牆鐵壁似的保護著舞臺，這裏面幾乎容納了整個十九世紀法國藝術的精華，有巴爾扎克，有大仲馬，有拉馬丁、聖伯甫、夏爾萊、梅里美、戈蒂葉、喬治桑、杜拉克洛瓦……波蘭人蕭邦和匈牙利人李斯特也來到了巴黎。後來，雨果夫人這樣描述她丈夫的那群年輕的支持者：「一群狂放不羈、不同凡響的人物，蓄著小鬍子和長頭髮，穿著各種樣式的服裝——就是不穿當代的服裝——什麼羊毛緊身上衣啦、西班牙斗篷啦、羅伯斯庇爾⑩的背心啦、亨利第三的帽子啦——身穿上下各個時代、縱橫各個國家的奇裝異服，在光天化日之下出現在劇院的門口。」

這就是那個偉大時代的開始。差不多是身在德國的荷爾德林看到了滿街的工匠、思想家、牧師、主子和奴才、成年人和未成年人，可是看不到一個「人」的時候，年輕一代的藝術家開始了他們各自光怪陸離的叛逆，他們的叛逆不約而同地首先將自己打扮成了另一種人，那種讓品行端正、衣著完美、纏著圍巾、戴著高領、正襟危坐的資產階級深感不安的人，就像李斯特的手在鍵盤上掠過似的，這一小撮人使整個十九世紀像鋼絲一樣晃動了起來。他們舉止粗魯、性格放蕩、隨心所欲、裝瘋賣傻；他們讓原有的規範和制度都見鬼去；這群無政府主義者加上革命者再加上酒色之徒的青年藝術家，似乎就是荷爾德林希望看到的「人」。他們生機勃勃地，或者說是喪心病狂地將人的天賦、人的欲望、人的惡習盡情發揮，然後天才一個一個出現了。

可是勃拉姆斯的作品保持著一如既往的嚴謹，他生活在那個越來越瘋狂、而且瘋狂正在成爲藝術時尚的時代，而他卻是那樣的小心翼翼，講究克制，懂得適可而止，避免奇談怪論，並且一成不變。他似乎表達了一個眞正德國人的性格——內向和深沉，可是他的同胞瓦格納也是一個眞正的德國人，還有荷爾德林式的對德國心懷不滿的德國人，瓦格納建立了與勃拉姆斯完全相反的形象，一種可以和巴黎遙相呼應的形象，一種和那個時代不謀而合的形象。對照之下，勃拉姆斯實在不像是一個藝術家。那個時代裏不多的那些天才幾乎都以叛逆自居，而勃拉姆斯卻心甘情願地從古典的理想裏開始自己的寫作；那些天才儘管互相讚美著對方，可是他們每個人都深信自己是孤獨的，自己作品裏的精神傾向與同時代其他人的作品絕然不同，也和過去時代的作品絕然不同，勃拉姆斯也同樣深信自己是孤獨的，可是孤獨的方式和他們不一樣。其實他只要像瓦格納那樣去嘗試幾次讓人膽戰心驚的音響效果；或者像李斯特那樣爲了藝術，不管是眞是假在衆人面前昏倒在地一次、歇斯底里地發作一次，他就有希望很像那個時代的藝術家了。可是勃拉姆斯一如既往地嚴肅著，而且一步步走向了更爲抽象的嚴肅。可憐的勃拉姆斯生活在這樣的一個時代，就像是巴赫的和聲進入了瓦格納大號的旋律，他成爲了一個很多人都想刪除的音符。就是遠在俄羅斯的柴可夫斯基，也在日記中這樣寫道：「我剛剛彈奏了無聊的勃拉姆斯作品，眞是一個毫無天分的笨蛋。」

勃拉姆斯固執己見，他將二十歲第一次見到舒曼時就已經顯露的保守的個性、內向和沉思的品質保持了終生。一八八五年，他在夏天的奧地利寫完了自己最後一部交響曲。《第四交響曲》中過於嚴謹的最後樂章，使他最親密的幾個朋友都深感意外，他們批評這個樂章淸醒卻沒有生氣，建議勃拉姆斯刪除這個樂章，另外再重寫一個新的樂章。一生固執的勃拉姆斯當然拒絕了，他比任何人都瞭解自己作品中特殊的嚴肅氣質，一個厚重的結尾樂章是不能替代的。第二年，他開始寫作那首F大調的大提琴和鋼琴奏鳴曲了。

這時候，十九世紀所剩無幾了，那個瘋狂的時代也已經煙消雲散。瓦格納、李斯特相繼去世，荷爾德林和蕭邦去世已經快有半個世紀了。在法國，那群團結一致互相協作的青年藝術家早就分道揚鑣了。維克多・雨果早已經流亡澤西島，大仲馬也早已經將文學變成生財之道，聖伯甫和戈蒂葉在社交圈裏流連忘返，梅里美在歐也妮皇后愛情的宮庭裏權勢顯赫，繆塞沉醉在苦酒之中，喬治桑隱退諾昂，還有一些人進入了墳墓。

勃拉姆斯完成了他的第二首、也是最後一首大提琴和鋼琴奏鳴曲，與第一首E小調的奏鳴曲相隔了二十一年。往事如煙，不堪回首。勃拉姆斯老了，身體不斷地發胖使他越來越感到行動不便。幸運的是他仍然活著，他仍然在自己的音樂裏表達著與生俱有的沉思品質。他還是那麼的嚴肅，而且他的嚴肅越來越深，在內心的深淵裏不斷下沉，永不見底的下沉著。他是一個一生都行走在同一條道路上的人，從不懷疑自己是否走錯了方向，別人的指責和瓦格納式的榜樣從沒有讓他動心，而且習慣了圍繞著他的紛爭，在紛爭裏敘述著自己的音樂。他是一個一生都清醒的人，他知道音樂上的紛爭是什麼？他知道還在遙遠的巴洛克時代就已經喋喋不休了，而且時常會父債子還。他應該讀過卡爾・巴赫的書信，也應該知道這位忠誠的學生和兒子在晚年是如何熱情地捍衛父親約翰．巴赫的。當一位英格蘭人伯爾尼認爲亨德爾在管風琴演奏方面已經超過約翰．巴赫時，卡爾．巴赫憤怒了，他指責英格蘭人根本不懂管風琴，因爲他們的管風琴是沒有踏板的，所以英格蘭人不會瞭解構成傑出的管風琴演奏的條件是什麼。卡爾．巴赫在給埃森伯格教授的信中這樣寫道：「腳在解決最紅火、最輝煌以及以及許多伯爾尼一無所知的事情中起著關鍵的作用。」

勃拉姆斯沉默著，他知道巴赫、莫札特、貝多芬、舒伯特，還有他的導師舒曼的音樂已經世代相傳了，同時音樂上的紛爭也在世代相傳著，曾經來到過他的身旁，現在經過了他，去尋找更加年輕的一代。如今，瓦格納和李斯特都已經去世，關於激進的音樂和保守的音樂的紛爭也已經遠離他們。如同一輛馬車從驛站經過，對勃拉姆斯而言，這是最後的一輛馬車，車輪在泥濘裏響了過去，留下了荒涼的驛站和荒涼的他，紛爭的馬車已經不願意在這荒涼之地停留了，它要駛向年輕人熱血沸騰的城市。勃拉姆斯煢煢孤立，黃昏正在來臨。他完成了這第二首大提琴和鋼琴奏鳴曲，這首F大調的奏鳴曲也是他第九十九部音樂作品。與第一首大提琴和鋼琴奏鳴曲相比，似乎不是另外一部作品，似乎是第一首奏鳴曲的三個樂章結束後，又增加了四個樂章。

中間相隔的二十一年發生了什麼？勃拉姆斯又是如何度過的？疑問無法得到解答，誰也無法從他的作品裏去感受他的經歷，他的作品和作品之間似乎只有一夜之隔，漫長的二十一年被取消了。這是一個內心永遠大於現實的人，而且他的內心一成不變。他在二十歲的時候已經具有了五十三歲的滄桑，在五十三歲的時候他仍然像二十歲那樣年輕。

第二首大提琴和鋼琴奏鳴曲保持了勃拉姆斯內省的激情，而漫長的回憶經過了切割之後，成爲了歎息一樣的段落，在旋律裏閃現。於是這一首奏鳴曲更加沉重和陰暗，不過它有著自始自終的和飽滿的溫暖。羅斯特羅波維奇和塞爾金的演奏彷彿是黃昏的降臨，萬物開始沉浸到安寧之中，人生來到了夢的邊境，如歌如訴，即便是死亡也是溫暖的。這時候的大提琴和鋼琴就像是兩位和諧的老人，坐在夕陽西下的草坡上，面帶微笑地欣賞著對方的發言。

很多年過去了，勃拉姆斯的生命消失了，他的音樂沒有消失，他的音樂沒有在他生命終止的地方停留下來，他的音樂敍述著繼續向前，與瓦格納的音樂走到了一起，與李斯特和蕭邦的音樂走到了一起，又和巴赫、貝多芬和舒曼的音樂走到了一起，他們的音樂無怨無恨地走在了一起，在沒有止境的道路上進行著沒有止境的行走。

然後，年輕一代成長起來了，勳伯格⓫成長起來了，這位二十世紀最偉大的音樂革命者，這位瓦格納的信徒，同時也是勃拉姆斯的信徒，在他著名的《昇華之夜》裏，將瓦格納的半音和絃和勃拉姆斯室內樂作品中精緻結構以及淋漓盡致的動機合二爲一了。勳伯格當然知道有關瓦格納和勃拉姆斯的紛爭，而且他自己也正在經歷著類似的紛爭。對於他來說，也對於其他年輕的作曲家來說，勃拉姆斯是一位音樂語言的偉大創新者，他在那個時代被視爲保守的音樂寫作在後來者眼中，開始顯示其前瞻的偉大特性；至於瓦格納，他在那個時代就已經是共認的激進主義者，共認的音樂語言的創新者，後來時代的人也就不會再去枉費心機了。隨著瓦格納和勃拉姆斯的去世，隨著那個時代的結束，有關保守和激進的紛爭也自然熄滅了。這兩位生前水火不相容的作曲家，在他們死後，在勳伯格這一代人眼中，也在勳伯格之後的那一代人眼中，他們似乎親如兄弟，他們的智慧相遇在《昇華之夜》，而且他們共同去經歷那些被演奏的神聖時刻，共同給予後來者有效的忠告和寶貴的啓示。

事實上，是保守還是激進，不過是一個時代的看法，它從來都不是音樂的看法。任何一個時代都會結束，與那些時代有關的看法也同樣在劫難逃。對於音樂而言，從來就不存在什麼保守的音樂和激進的音樂，音樂是那些不同時代和不同國家民族的人，那些不同經歷和不同性格的人，出於不同的理由和不同的認識，以不同的立場和不同的形式，最後以同樣的赤誠之心創造出來的。因此，音樂裏只有敍述的存在，沒有其他的存在。

一九三九年，巴勃羅・卡薩爾斯⓬爲抗議佛朗哥政府，離開了西班牙，來到了法國的普拉德小鎮居住，這位「最偉大的大提琴家，又是最高尚的人道主義者」開始了他隱居的生活。卡薩爾斯選擇了緊鄰西班牙國境的普拉德小鎮，使他離開了西班牙以後，仍然可以眺望西班牙。巴勃羅・卡薩爾斯的存在，使普拉德小鎮成爲了召喚，召喚著遊蕩在世界各地的音樂家。在每一年的某一天，這些素未謀面或者闊別已久的音樂家就會來到安靜的普拉德，來到卡薩爾斯音樂節。於是普拉德小鎮的廣場成爲了人類音樂的廣場，這些不同膚色、不同年齡和不同性別的音樂家坐到了一起，在白雪皚皚的阿爾卑斯山下，人們聽到了巴赫和亨德爾的聲音，聽到了莫札特和貝多芬的聲音，聽到了勃拉姆斯和瓦格納的聲音，聽到了巴爾托克⓭和梅西安⓮的聲音……只要他們樂意，他們可以演奏音樂裏所有形式的敍述，可是他們誰也無法演奏音樂史上的紛爭。

一九九八年十二月十三日

編註：

1. 羅斯特羅波維奇Mstislav Rostropovich，台譯：羅斯托波維契。
2. 塞爾金Rudolf Serkin，台譯：賽爾金。
3. 勃拉姆斯Johannes Brahms，台譯：布拉姆斯。
4. 瓦格納Richard Wagner，台譯：華格納。
5. 理查・施特勞斯Richard Strauss，理查・史特勞斯。
6. 漢斯立克Eduard Hanslick，漢斯里克。
7. 巴赫Johann Sebastian Bach，台譯：巴哈。
8. 亨德爾George Frederic Handel，台譯：韓德爾。
9. 門德爾松Felix Mendelssohn Bartholdy，台譯：孟德爾頌。
10. 羅勃斯庇爾Maximilien Robespierre，台譯：羅伯斯比。
11. 勳伯格Anold Schoenberg，台譯：荀白克。
12. 巴勃羅・卡薩爾斯Pablo Casals，台譯：卡沙爾斯。

13. 巴爾托克Bela Bartok，台譯：巴爾陶克。

14. 梅西安Olivier Messian，台譯：梅湘。

高潮

蕭斯塔科維奇和霍桑

蕭斯塔科維奇❶在一九四一年完成了作品編號六十的《第七交響曲》。這一年，希特勒的德國以三十二個步兵師、四個摩托化師、四個坦克師和一個騎兵旅，還有六千門大炮、四千五百門迫擊炮和一千多架飛機猛烈進攻列寧格勒。希特勒決心在這一年秋天結束之前，將這座城市從地球上抹掉。也是這一年，蕭斯塔科維奇在列寧格勒戰火的背景下度過了三十五歲生日，他的一位朋友拿來了一瓶藏在地下的伏特加酒，另外的朋友帶來了黑麵包皮，而他自己只能拿出一些土豆。饑餓和死亡、悲傷和恐懼形成了巨大的陰影，籠罩著他的生日和生日以後的歲月。於是，他在「生活艱難、無限悲傷、無數眼淚」中，寫下了第三樂章陰暗的柔板，那是「對大自然的回憶和陶醉」的柔板，淒涼的弦樂在柔板裏隨時升起，使回憶和陶醉時斷時續，戰爭和苦難的現實以惡夢的方式折磨著他的內心和他的呼吸，使他優美的抒情裏時常出現恐怖的節奏和奇怪的音符。

事實上，這是蕭斯塔科維奇由來已久的不安，遠在戰爭開始之前，他的惡夢已經開始了。這位來自彼得格勒音樂學院的年輕的天才，十九歲時就應有盡有了。他的畢業作品《第一交響曲》深得尼古拉・馬爾科的喜愛，就是這位俄羅斯的指揮家在列寧格勒將其首演，然後立刻出現在托斯卡尼尼、斯托科夫斯基❷和瓦爾特❸等人的節目單上。音樂是世界的語言，不會因爲漫長的翻譯而推遲蕭斯塔科維奇世界聲譽的迅速來到，可是他的年齡仍然刻板和緩慢地進展著，他太年輕了，不知道世界性的聲譽對於一個作曲家意味著什麼，他仍然以自己年齡應有的方式生活著，生機勃勃和調皮搗蛋。直到一九三六年，史達林聽到了他的歌劇《姆欽斯克縣的馬克白夫人》❹後，公開發表了一篇嚴厲指責的評論。史達林的聲音意味著什麼，意味著整個國家都會膽戰心驚，當這樣的聲音從那兩片小鬍子下面發出時，三十歲的蕭斯塔科維奇還在睡夢裏幹著甜蜜的勾當，次日清晨當他醒來以後，已經不是用一身冷汗可以解釋他的處境了。然後，蕭斯塔科維奇立刻成熟了。他的命運就像盾牌一樣，似乎專門是爲了對付打擊而來。他在對待榮譽的時候似乎沒心沒肺，可是對待厄運他從不鬆懈。在此後四十五年的歲月裏，蕭斯塔科維奇老謀深算，面對一次一次洶湧而來的批判，他都能夠身心投入地加入到對自己的批判中去，他在批判自己的時候毫不留情，如同火上加油，他似乎比別人更樂意置自己於死地，令那些批判者無話可說，只能再給他一條悔過自新的生路。然而在心裏，蕭斯塔科維奇從來就沒有悔過自新的時刻，一旦化險爲夷他就重蹈覆轍，似乎是好了傷疤立刻就忘了疼痛，其實他根本就沒有傷疤，他只是將顏料塗在自己身上，讓虛構的累累傷痕唯妙唯肖，他在這方面的高超技巧比起他作曲的才華毫不遜色，從而使他躲過了一次又一次的劫難，完成了命運賦予他的一四七首音樂作品。

儘管從表面上看，比起布爾加科夫，比起帕斯捷爾納克❺，比起同時代的其他藝術家淒慘的命運，蕭斯塔科維奇似乎過著幸福的生活，起碼他衣食不愁，而且住著寬敞的房子，他可以將一個室內樂團請到家中客廳來練習自己的作品。可是在心裏，蕭斯塔科維奇同樣也在經歷著艱難的一生。當穆拉文斯基認爲蕭斯塔科維奇試圖在作品裏表達出歡欣的聲音時，蕭斯塔科維奇說：「哪裏有什麼歡欣可言？」蕭斯塔科維奇在生命結束的前一年，在他完成的他第十五首、也是最後一首絃樂四重奏裏，人們聽到了什麼？第一樂章漫長的和令人窒息的旋律意味著什麼？將一個只有幾秒的簡單樂句拉長到十二分鐘，已經超過作曲家技巧的長度，達到了人生的長度。

蕭斯塔科維奇的經歷是一位音樂家應該具有的經歷，他的忠誠和才華都給予了音樂，而對他所處的時代和所處的政治，他並不在乎，所以他人云亦云，苟且偷生。不過人的良知始終陪伴著他，而且一次次地帶著他來到那些被迫害致死的朋友墓前，他沉默地佇立著，他的傷心也在沉默，他不知道接下去的墳墓是否屬於他，他對自己能否繼續矇混過關越來越沒有把握，幸運的是他最終還是矇混過去了，直到眞正的死亡來臨。與別人不同，這位戴著深度近視眼鏡的作曲家將自己的坎坷之路留在了內心深處，而將寬厚的笑容給予了現實，將沉思的形象給予了攝影照片。

因此當希特勒德國的瘋狂進攻開始後，已經惡夢纏身的蕭斯塔科維奇又得到了新的惡夢，而且這一次的惡夢像白晝一樣的明亮和實實在在，饑餓、寒冷和每時每刻都在出現的死亡如同雜亂的腳步，在他身旁週而復始地走來走去。後來，他在《見證》裏這樣說：戰爭的來到使俄國人意外地獲得了一種悲傷的權利。這句話一箭雙雕，在表達了一個民族痛苦的後面，蕭斯塔科維奇暗示了某一種自由的來到，或者說「意外地獲得了一種權利」。顯然，專制已經剝奪了人們悲傷的權利，人們活著只能笑逐顏開，即使是哭泣也必須是笑出了眼淚。對此，身爲作曲家的蕭斯塔科維奇有著更爲隱晦的不安，然而戰爭改變了一切，在饑餓和寒冷的摧殘裏，在死亡威脅的腳步聲裏，蕭斯塔科維奇意外地得到了悲傷的藉口，他終於可以安全地在自己的作品中表達悲傷，表達來自戰爭的悲傷，同時也是和平的悲傷；表達個人的悲傷，也是人們共有的悲傷；表達人們由來已久的悲傷，也是人們將要世代相傳的悲傷。而且，無人可以指責他。

這可能是蕭斯塔科維奇寫作《第七交響曲》的根本理由，寫作的靈感似乎來自於《聖經》〈詩篇〉裏悲喜之間的不斷轉換，這樣的轉換有時是在瞬間完成，有時則是漫長和遙遠的旅程。蕭斯塔科維奇在戰前已經開始了這樣的構想，並且寫完了第一樂章，接著戰爭開始了，蕭斯塔科維奇繼續自己的寫作，並且在血腥和殘酷的列寧格勒戰役中完成了這一首《第七交響曲》。然後，他發現一個時代找上門來了，一九四二年三月五日，《第七交響曲》在後方城市古比雪夫首演後，立刻成爲了這個正在遭受恥辱的民族的抗擊之聲，另外一個標題《列寧格勒交響曲》也立刻覆蓋了原有的標題《第七交響曲》。

這幾乎是一切敍述作品的命運，它們需要獲得某一個時代的青睞，才能使自己得到成功的位置，然後一勞永逸地坐下去。儘管它們被創造出來的理由可以與任何時代無關，有時候僅僅是書呆子們一時的衝動，或者由一個轉瞬即逝的事件引發出來，然而敍述作品自身開放的品質又可以使任何一個時代與之相關，就像敍述作品需要某個時代的幫助才能獲得成功，一個時代也同樣需要在敍述作品中找到使其合法化的位置。蕭斯塔科維奇知道自己寫下了什麼，他寫下的僅僅是個人的情感和個人的關懷，寫下了某些來自於《聖經》〈詩篇〉的靈感，寫下了壓抑的內心和田園般的回憶，寫下了激昂和悲壯、苦難和忍受，當然也寫下了戰爭……於是，一九四二年的蘇聯人民認爲自己聽到浴血抗戰的聲音，《第七交響曲》成爲了反法西斯之歌。而完成於戰前的第一樂章中的插部，那個巨大的令人不安的插部成爲了侵略者腳步的詮釋。儘管蕭斯塔科維奇知道這個插部來源於更爲久遠的不安，不過現實的詮釋也同樣有力。蕭斯塔科維奇順水推舟，認爲自己確實寫下了抗戰的《列寧格勒交響曲》，以此獻給「我們的反法西斯戰鬥，獻給我們未來的勝利，獻給我出生的城市」。他明智的態度是因爲他精通音樂作品的價値所在，那就是能夠迎合不同時代的詮釋，隨著時代的改變而不斷變奏下去。在古比雪夫的首演之後，《第七交響曲》來到了命運的凱旋門，樂曲的總譜被拍攝成微型膠卷，由軍用飛機穿越層層炮火運往了美國。同年的七月十九日，托斯卡尼尼在紐約指揮了《第七交響曲》，做爲世界人民反法西斯的大合唱，廣播電臺向全世界做了實況轉播。很多年過去後，那些仍然活著的二戰老兵，仍然會爲它的第一樂章激動不已。蕭斯塔科維奇死於一九七五年，生於一九〇六年。

時光倒轉一個世紀，在一個世紀的痛苦和歡樂之前，是另一個世紀的記憶和沉默。一八〇四年，一位名叫納撒尼爾・霍桑的移民的後代，通過薩勒姆鎮來到了人間。位於美國東部新英格蘭地區的薩勒姆是一座港口城市，於是納撒尼爾・霍桑的父親做爲一位船長也就十分自然，他的一位祖輩約翰・霍桑曾經是名噪一時的法官，在十七世紀末將十九位婦女送上了絞刑架。顯然，納撒尼爾・霍桑出生時家族已經衰落，老納撒尼爾已經沒有了約翰法官掌握別人命運的威嚴，他只能開始並且繼續自己的飄泊生涯，將自己的命運交給了大海和風暴。一八〇八年，也就是小納撒尼爾出生的第四年，老納撒尼爾因患黃熱病死於東印度群島的蘇里南。這是那個時代裏屢見不鮮的悲劇，當出海數月的帆船歸來時，在岸邊望斷秋水的女人和孩子們，時常會在天真的喜悅之後，去承受失去親人的震驚以及此後漫長的悲傷。後來成爲一位作家的納撒尼爾・霍桑，在那個悲傷變了質的家庭裏度過了三十多年沉悶和孤獨的歲月。

這是一個在生活裏迷失了方向的家庭，茫然若失的情緒猶如每天的日出一樣照耀著他們，家庭中的每一個成員都不由自主地助長著自己的孤僻性格，歲月的流逝使他們在可憐的自我裏越陷越深，到頭來母子和兄妹之間視同陌路。博爾赫斯❻在〈納撒尼爾・霍桑〉一文中這樣告訴我們：「霍桑船長死後，他的遺孀，納撒尼爾的母親，在二樓自己的臥室裏閉門不出。兩姊妹，路易莎和伊麗莎白的臥室也在二樓；最後一個房間是納撒尼爾的。那幾個人不在一起吃飯，相互之間幾乎不說話；他們的飯擱在一個托盤上，放在走廊裏。納撒尼爾整天在屋裏寫鬼故事，傍晚時分才出來散散步。」

身材瘦長、眉目清秀的霍桑顯然沒有過蕭斯塔科維奇那樣生機勃勃的年輕時光，他在童年的時候就已經開始了未老先衰的生活，直到三十八歲遇到他的妻子索菲亞，此後的霍桑總算是品嚐了一些生活的眞正樂趣。在此之前，他的主要樂趣就是給他在波多因大學時的同學朗費羅寫信，他在信中告訴朗費羅：「我足不出戶，主觀上一點不想這麼做，也從未料到自己會出現這種情況。我成了囚徒，自己關在牢房裏，現在找不到鑰匙，儘管門開著，我幾乎怕出去。」這兩位十九世紀美國浪漫主義文學的傑出代表出自同一個校園，不過他們過著絕然不同的生活，朗費羅比霍桑聰明的多，他知道如何去接受著名詩人所能帶來的種種好處。陰鬱和孤僻的霍桑對此一無所知，他熱愛寫作，卻又無力以此爲生，只能以更多的時間和精力去應付稅關職員的工作，然後將壓抑和厭世的情緒通過書信傳達給朗費羅，試圖將他的朋友也拉下水。朗費羅從不上當，他只在書信中給予霍桑某些安慰，而不會爲他不安和失眠。眞正給予霍桑無私的關心和愛護的只有索菲亞，她像霍桑一樣熱愛著他的寫作，同時她精通如何用最少的錢將一個家庭的生活維持下去，當霍桑丟掉了稅關的職務沮喪地回到家中時，索菲亞卻喜悅無比地歡迎他，她的高興是那麼的眞誠，她對丈夫說：「現在你可以寫你的書了。」

納撒尼爾・霍桑作品中所彌漫出來的古怪和陰沉的氣氛，用博爾赫斯的話說是「鬼故事」，顯然來源於他古怪和陰沉的家庭。按照人們慣常的邏輯，人的記憶似乎是從五歲時才真正開始，如果霍桑的記憶不例外的話，自四歲的時候失去父親，霍桑的記憶也就失去了童年，我所指的是大多數人所經歷過的那種童年，也就是蕭斯塔科維奇和朗費羅他們所經歷過的童年，那種屬於田野和街道、屬於爭吵和鬥毆、屬於無知和無憂的童年。這樣的童年是貧窮、疾病和死亡都無法改變的。霍桑的童年猶如籠中之鳥，在陰暗的屋子裏成長，和一個喪失了一切願望的母親，還有兩個極力模仿著母親並且最終比母親還要陰沉的姊妹生活在一起。

這就是納撒尼爾・霍桑的童年，牆壁阻斷了他與歡樂之間的呼應和對視，他能夠聽到外面其他孩子的喧嘩，可是他只能待在死一般沉寂的屋子裏。門開著，他不是不能出去，而是——用他自己的話說是「我幾乎怕出去」。在這樣的環境裏成長起來的霍桑，自然會理解威克菲爾德的離奇想法，在他寫下的近兩千頁的故事和小品裏，威克菲爾德式的人物會在頁碼的翻動中不斷湧現，古怪、有趣和令人沉思。

博爾赫斯在閱讀了霍桑的三部長篇和一百多部短篇小說之外，還閱讀了他保存完好的筆記，霍桑寫作心得的筆記顯示了他還有很多與衆不同的有趣想法，博爾赫斯在〈納撒尼爾・霍桑〉一文中向我們展示一些霍桑沒有在敍述中完成的想法——「有個人從十五歲到三十五歲讓一條蛇待在他的肚子裏，由他飼養，蛇使他遭到了可怕的折磨。」「一個人清醒時對另一個人印象很好，對他完全放心，但夢見那個朋友卻像死敵一樣對待他，使他不安。最後發現夢中所見才是那人的眞實面目。」「一個富人立下遺囑，把他的房子贈送給一對貧窮的夫婦。這對夫婦搬了進去，發現房子裏有一個陰森的僕人，而遺囑規定不准將他解雇。僕人使他們的日子過不下去；最後才知道僕人就是把房子送給他們的那人。」……

索菲亞進入了霍桑的生活之後，就像是一位技藝高超的工匠那樣修補起了霍桑破爛的生活，如同給磨破的褲子縫上了補丁，給漏雨的屋頂更換了瓦片，索菲亞給予了霍桑正常的生活，於是霍桑的寫作也逐漸顯露出一些正常的情緒，那時候他開始寫作《紅字》了。與威克菲爾德式的故事一樣，《紅字》繼續著霍桑因爲過多的沉思後變得越來越壓抑的情緒。這樣的情緒源遠流長，從老納撒尼爾死後就開始了，這是索菲亞所無法改變的，事實上，索菲亞並沒有改變霍桑什麼，她只是喚醒了霍桑內心深處另外一部分的情感，這樣的情感在霍桑的心裏已經沉睡了三十多年，現在醒來了，然後人們在《紅字》裏讀到了一段段優美寧靜的篇章，讀到了在《聖經》之前就已經存在的同情和憐憫，讀到了忠誠和眼淚……這是〈威克菲爾德〉這樣的故事所沒有的。

一八五〇年，也就是窮困潦倒的愛倫·坡去世後不久，《紅字》出版了。《紅字》的出版使納撒尼爾·霍桑徹底擺脫了與愛倫·坡類似的命運，使他名聲遠揚，次年就有了德譯本，第三年有了法譯本。霍桑家族自從約翰法官死後，終於再一次迎來了顯赫的名望，而且這一次將會長存下去。此後的霍桑度過了一生裏最爲平靜的十四年，雖然那時候的寫作還無法致富，然而生活已經不成問題，霍桑與妻子索菲亞還有子女過起了心安理得的生活。當他接近六十歲的時候，四歲時遭受過的命運再一次找上門來，這一次是讓他的兒女夭折。與蕭斯塔科維奇不斷遭受外部打擊的盾牌似的一生不同，霍桑一生如同箭靶一樣，把每一支利箭都留在了自己的心臟上。他默默地承受著，牙齒打碎了往肚裏嚥，就是他的妻子索菲亞也無法瞭解他內心的痛苦究竟有多少，這也是索菲亞爲什麼從來都無法認清他的原因所在。對索菲亞來說，霍桑身上總是籠罩著一層「永恒的微光」。兒女死後不到一年，一八六四年的某一天，不堪重負的霍桑以平靜的方式結束了自己的一生，他在睡夢裏去世了。霍桑的死，就像是《紅字》的敘述那樣寧靜和優美。

納撒尼爾・霍桑和蕭斯塔科維奇，一位是一八〇四年至一八六四年之間出現過的美國人，另一位是一九〇六年至一九七五年之間出現過的俄國人；一位寫下了文學的作品，另一位寫下了音樂的作品。他們置身於兩個絕然不同的時代，完成了兩個絕然不同的命運，他們之間的距離比他們相隔的一個世紀還要遙遠。然而，他們對內心的堅持卻是一樣的固執和一樣的密不透風，心靈的相似會使兩個絕然不同的人有時候成爲了一個人，納撒尼爾・霍桑和蕭斯塔科維奇，他們的某些神秘的一致性，使他們獲得了類似的方式，在歲月一樣漫長的敘述裏去經歷共同的高潮。

《第七交響曲》和《紅字》

蕭斯塔科維奇《第七交響曲》中第一樂章的敘述，確切的說是第一樂章中著名的侵略插部與《紅字》的敘述迎合到了一起，彷彿是兩面互相凝視中的鏡子，使一部音樂作品和一部文學作品都在對方的敘述裏看到了自己的形象。蕭斯塔科維奇讓那個插部進展到了十分鐘以上的長度，同時讓裏面沒有音樂，或者說由沒有音樂的管弦樂成分組成，一個單一曲調在鼓聲裏不斷出現和不斷消失，如同霍桑《紅字》中單一的情緒主題的不斷變奏。就像蕭斯塔科維奇有時候會在敘述中放棄音樂一樣，納撒尼爾・霍桑同樣也會放棄長篇小說中必要的故事的起伏，在這部似乎是一個短篇小說結構的長篇小說裏，霍桑甚至放棄了敘述中慣用的對比，蕭斯塔科維奇也在這個侵略插部中放棄了對比。接下來他們只能赤裸裸地去迎接一切敘述作品中最爲有力的挑戰，用漸強的方式將敘述進行下去。這兩個人都做到了，他們從容不迫和舉重若輕地使敘述在弱軟中越來越強大。毫無疑問，這種漸強的方式是最爲天眞的方式，就像孩子的眼睛那樣單純，同時它又是最爲有力的敍述，它所顯示的不只是敍述者的技巧是否爐火純青，當最後的高潮在敍述的漸強裏逐步接近並且終於來到時，它就會顯示出人生的重量和命運的空曠。

這樣的方式使敍述之弦隨時都會斷裂似的綳緊了，在接近高潮的時候彷彿又在推開高潮，如此週而復始，不斷培育著將要來到的高潮，使其越來越龐大和越來越沉重，因此當它最終來到時，就會像是末日的來臨一樣令人不知所措了。

蕭斯塔科維奇給予了我們這樣的經歷，在那個幾乎使人窒息的侵略插部裏，他讓鼓聲反覆敲響了一七五次，讓主題在十一次的變奏裏艱難前行。沒有音樂的管弦樂和小鼓重複著來到和離去，並且讓來到和離去的間隔越來越短暫，逐漸成爲了瞬間的轉換，最終蕭斯塔科維奇取消了離去，使每一次的離去同時成爲了來到。巨大的令人不安的音響猶如天空那樣籠罩著我們，而且這樣的聲音還在源源不斷地來到，天空似乎以壓迫的方式正在迅速地縮小。高潮的來臨常常意味著敍述的窮途末路，如何在高潮之上結束它，並且使它的敍述更高地揚起，而不是垂落下來，這樣的考驗顯然是敍述作品的關鍵。

蕭斯塔科維奇的敍述是讓主部主題突然出現，這是一個尖銳的抒情段落，在那巨大可怕的音響之上生長起來。傾刻之間奇蹟來到了，人們看到「輕」比「沉重」更加有力，彷彿是在黑雲壓城城欲摧之際，一道纖細的陽光瓦解了災難那樣。當那段抒情的弦樂尖銳地升起，輕輕地飄向空曠之中時，人們也就獲得了高潮之上的高潮。蕭斯塔科維奇證明了小段的抒情有能力覆蓋任何巨大的旋律和任何激昂的節奏。下面要討論的是霍桑的證明，在跌宕恢弘的篇章後面，短暫和安詳的敍述將會出現什麼，納撒尼爾·霍桑證明了文學的敍述也同樣如此。

幾乎沒有人不認為納撒尼爾·霍桑在《紅字》裏創造了一段羅曼史，事實上也正是因為《紅字》的出版，使納撒尼爾搖身一變成為了浪漫主義作家，也讓他找到了與愛倫·坡分道揚鑣的機會，在此之前這兩個人都在陰暗的屋子裏編寫著靈魂崩潰的故事。當然，《紅字》不是一部甜蜜的和充滿了幻想的羅曼史，而是忍受和忠誠的歷史。用D·H·勞倫斯的話說，這是「一個實實在在的人間故事，卻內含著地獄般的意義。」

海絲特・白蘭和年輕的牧師丁梅斯代爾，他們的故事就像是亞當和夏娃的故事，在勾引和上鈎之後，或者說是在瞬間的相愛之後，就有了人類起源的神話，同時也有了罪惡的神話。出於同樣的理由，《紅字》的故事裏有了珠兒，一個精靈般的女孩，她成爲了兩個人短暫的幸福和長時期痛苦的根源。故事開始時已經是木已成舟，在清教盛行的新英格蘭地區，海絲特・白蘭沒有丈夫存在的懷孕，使她進入了監獄，她在獄中生下了珠兒。這一天早晨——霍桑的敍述開始了——監獄外的市場上擠滿了人，等待著海絲特・白蘭——這個教區的敗類和蕩婦如何從監獄裏走出來，人們議論紛紛，海絲特・白蘭從此將在胸口戴上一個紅色的A字，這是英文裏「通姦」的第一個字母，她將在恥辱和罪惡中度過一生。然後，「身材修長、容悉完整優美到堂皇程度」的海絲特，懷抱著只有三個月的珠兒光彩照人地走出了監獄，全然不是「會在災難的雲霧裏黯然失色的人」，而胸口的紅字是「精美的紅布製成的、四周有金線織成的細工刺繡和奇巧花樣」。手握警棍的獄吏將海絲特帶到了市場西側的絞刑台，他要海絲特站在上面展覽她的紅字，直到午後一點鐘爲止。人們辱罵她，逼她說出誰是孩子的父親，甚至讓孩子眞正的父親——受人愛戴的丁梅斯代爾牧師上前勸說她說出眞話來，她仍然回答：「我不願意說。」然後她面色變成死灰，因爲她看著自己深愛的人，她說：「我的孩子必要尋求一個天上的父親；她永遠也不會認識一個世上的父親！」

這只是忍受的開始，在此後兩百多頁敍述的歲月裏，海絲特經歷著越來越殘忍的自我折磨，而海絲特恥辱的同謀丁梅斯代爾，這位深懷宗教熱情又極善辭令的年輕牧師也同樣如此。在兩個人的中間，納撒尼爾·霍桑將羅格·齊靈窩斯揷了進去，這位精通煉金術和醫術的老人是海絲特眞正的丈夫，他在失踪之後又突然回來了。霍桑的敍述使羅格·齊靈窩斯精通的似乎是心術，而不是煉金術。羅格·齊靈窩斯十分輕鬆地制服了海絲特，讓海絲特發誓絕不洩漏出他的眞實身份。然後羅格·齊靈窩斯不斷地去刺探丁梅斯代爾越來越脆弱的內心，折磨他，使他奄奄一息。從海絲特懷抱珠兒第一次走上絞刑台以後，霍桑的敍述開始了奇妙的內心歷程，他讓海絲特忍受的折磨和丁梅斯代爾忍受的折磨逐漸接近，最後重疊到了一起。霍桑的敘述和蕭斯塔科維奇那個侵略插部的敘述，或者和拉威爾的《波萊羅》❼不謀而合，它們都是一個很長的、沒有對比的、逐步增強的敘述。這是納撒尼爾才華橫溢的美好時光，他的敘述就像沉思中的形象，寧靜和溫柔，然而在這形象內部的動脈裏，鮮血正在不斷地衝擊著心臟。如同蕭斯塔科維奇的侵略插部和拉威爾的《波萊羅》都只有一個高潮，霍桑長達二百多頁的《紅字》也只有一個高潮，這似乎是所有漸強方式完成的敘述作品的命運，逐步增強的敘述就像是向上的山坡，一寸一寸的連接使它抵達頂峰。

《紅字》的頂峰是在第二十三章，這一章的標題是〈紅字的顯露〉。事實上，敘述的高潮在第二十一章〈新英格蘭的節日〉就開始了。在這裏，納撒尼爾・霍桑開始顯示他駕馭大場面時從容不迫的才能。這一天，新來的州長將要上任，盛大的儀式成爲了新英格蘭地區的節日，霍桑讓海絲特帶著珠兒來到了市場，然後他的筆開始了不斷的延伸，將市場上歡樂的氣氛和雜亂的人群交叉起來，人們的服裝顯示了他們來自不同的地方，使市場的歡樂顯得色彩斑駁。在此背景下，霍桑讓海絲特的內心洋溢著隱秘的歡樂，她看到了自己胸前的紅字，她的神情裏流露出了高傲，她在心裏對所有的人說：「你們最後再看一次這個紅字和佩戴紅字的人吧！」因爲她悄悄地在明天起航的船上預訂了鋪位，給自己和珠兒，也給年輕的牧師丁梅斯代爾。這位內心純潔的人已經被陰暗的羅格·齊靈窩斯折磨得「又憔悴又孱弱」，海絲特感到他的生命似乎所剩無幾了，於是她違背了自己的諾言，告訴他和他同住一個屋檐下的老醫生是什麼人。然後，害怕和絕望的牧師在海絲特愛的力量感召下，終於有了逃離這個殖民地和徹底擺脫羅格·齊靈窩斯的勇氣，他們想到了「海上廣大的途徑」，他們就是這樣而來，明天他們也將這樣離去，回到他們的故鄉英格蘭，或者去法國和德國，還有「令人愉快的義大利」，去開始他們眞正的生活。

在市場上人群盲目的歡樂裏，海絲特的歡樂才是眞正的歡樂，納撒尼爾·霍桑的敍述讓其脫穎而出，猶如一個勝利的鋼琴主題淩駕於衆多的協奏之上。可是一個不諧和的音符出現了，海絲特看到那位衣服上佩戴著各色絲帶的船長正和羅格·齊靈窩斯親密地交談，交談結束之後船長走到了海絲特面前，告訴她羅格・齊靈窩斯也在船上預訂了鋪位。「海絲特雖然心裏非常驚慌，卻露出一種鎮靜的態度」，隨後她看到她的丈夫站在遠處向她微笑，這位陰險的醫生「越過了那廣大嘈雜的廣場，透過人群的談笑、各種思想、心情和興致——把一種秘密的、可怕的用意傳送過來。」

這時候，霍桑的敘述進入了第二十二章——〈遊行〉。協奏曲轟然奏響，淹沒了屬於海絲特的鋼琴主題。市場上歡聲四起，在鄰近的街道上，走來了軍樂隊和知事們與市民們的隊伍，丁梅斯代爾牧師走在護衛隊的後面，走在最爲顯赫的人中間，這一天他神采飛揚，「從來沒有見過他步伐態度像現在隨著隊伍行進時那麼有精神」，他們走向會議廳，年輕的牧師將要宣讀一篇選舉說教。海絲特看著他從自己前面走過。

霍桑的敘述出現了不安，不安的主題纏繞著海絲特，另一個陰暗的人物西賓斯夫人，這個醜陋的老婦人開始了對海絲特精神的壓迫，她雖然不是羅格・齊靈窩斯的同謀，可是她一樣給予了海絲特驚慌的折磨。在西賓斯夫人尖銳的大笑裏，不安的敘述消散了。

歡樂又開始了，顯赫的人已經走進了教堂，市民們也擠滿了大堂，神聖的丁梅斯代爾牧師演講的聲音響了起來，「一種不可抵抗的情感」使海絲特靠近過去，可是到處站滿了人，她只能在絞刑台旁得到自己的位置。牧師的聲音「像音樂一般，傳達出熱情和激動，傳達出激昂或溫柔的情緒」，海絲特「那麼熱烈地傾聽著」，「她捉到了那低低的音調，宛若向下沉落準備靜息的風聲一樣；接著，當那聲調逐漸增加甜蜜和力量上升起來的時候，她也隨著上升，一直到那音量用一種嚴肅宏偉的氛圍將她全身包裹住。」

霍桑將敘述的歡樂變成了敘述的神聖，一切都寂靜了下來，只有丁梅斯代爾的聲音雄辯地迴響著，使所有的傾聽者都感到「靈魂像浮在洶湧的海浪上一般升騰著」。這位遭受了七年的內心折磨、正在奄奄一息的年輕牧師，此刻彷彿將畢生的精力凝聚了起來，他開始經歷起迴光返照的短暫時光。而在他對面不遠處的絞刑台旁，在這寂靜的時刻，在牧師神聖的說教籠罩下的市場上，海絲特再次聽到那個不諧和的音符，使敍述的神聖被迫中斷。那位一無所知的船長，再一次成爲羅格•齊靈窩斯陰謀的傳達者，而且他是通過另一位無知者珠兒完成了傳達。海絲特「心裏發生一種可怕的苦惱」，七年的痛苦、折磨和煎熬所換來的唯一希望，那個屬於明天「海上廣大的途徑」的希望，正在可怕地消失，羅格•齊靈窩斯的罪惡將會永久佔有他們。此刻沉浸在自己神聖聲音中的丁梅斯代爾，對此一無所知。

然後，敍述中高潮的章節〈紅字的顯露〉來到了。丁梅斯代爾的聲音終於停止了，敍述恢復了歡樂的協奏，「街道和市場上，四面八方都有人在讚美牧師。他的聽衆，每一個人都要把自己認爲強過於旁人的見解盡情吐露之後，才得安靜。他們一致保證，從來沒有過一個演講的人像他今天這樣，有過如此明智、如此崇高、如此神聖的精神。」接下去，在音樂的鳴響和護衛隊整齊的步伐裏，丁梅斯代爾和州長、知事，還有一切有地位有名望的人，從教堂裏走了出來，走向市政廳盛大的晚宴。霍桑此刻的敍述成爲了華彩的段落，他似乎忘記了敍述中原有的節拍，開始了盡情的渲染，讓「狂風的呼嘯，霹靂的雷鳴，海洋的怒吼」這些奢侈的比喻接踵而來，隨後又讓「新英格蘭的土地上」這樣的句式排比著出現，於是歡樂的氣氛在市場上茁壯成長和生生不息。

隨即一個不安的樂句輕輕出現了，人們看到牧師的臉上有「一種死灰顏色，幾乎不像是一個活人的面孔」，牧師踉蹌地走著，隨時都會倒地似的。儘管如此，這位「智力和情感退潮後」的牧師，仍然顫抖著斷然推開老牧師威爾遜的攙扶，他臉上流露出的神色使新任的州長深感不安，使他不敢上前去扶持。這個「肉體衰弱」的不安樂句緩慢地前行著，來到了絞刑台前，海絲特和珠兒的出現使它立刻激昂了起來。丁梅斯代爾向她們伸出了雙臂，輕聲叫出她們的名字，他的臉上出現了「溫柔和奇異的勝利表情」，他剛才推開老牧師威爾遜的顫抖的手，此刻向海絲特發出了救援的呼叫。海絲特「像被不可避免的命運推動著」走向了年輕的牧師，「伸出胳膊來攙扶他，走近刑台，踏上階梯」。

就在這高高的刑台上，霍桑的敘述走到了高潮。在死一般的寂靜裏，屬於丁梅斯代爾的樂句尖銳地刺向了空中。他說：「感謝領我到此地來的上帝！」然後他悄悄對海絲特說：「這不是更好嗎？」納撒尼爾・霍桑的敍述讓丁梅斯代爾做出了勇敢的選擇，不是通過「海上廣大的途徑」逃走，而是站到了七年前海絲特懷抱珠兒最初忍受恥辱的刑台之上，七年來他在自己的內心裏遭受著同樣的恥辱，現在他要釋放它們，於是火山爆發了。他讓市場上目瞪口呆的人們明白，七年前他們在這裏逼迫海絲特說出的那個人就是他。此刻，丁梅斯代爾的樂句已經沒有了不安，它變得異常地強大和尖銳，將屬於市場上人群的協奏徹底驅趕，以王者的恣態孤獨地迴旋著。丁梅斯代爾用他生命裏最後的聲音告訴人們：海絲特胸前的紅字只是他自己胸口紅字的一個影子。接著，「他痙攣地用著力，扯開了他胸前的牧師的飾帶。」讓人們看清楚了，在他胸口的皮肉上烙著一個紅色的A字。隨後他倒了下去。敍述的高潮來到了頂峰，一切事物都被推到了極端，一切情感也都開始走頭無路。

這時候，納撒尼爾・霍桑顯示出了和蕭斯塔科維奇同樣的體驗，如同「侵略插部」中小段的抒情覆蓋了巨大的旋律，建立了高潮之上的高潮那樣，霍桑在此後的敍述突然顯得極其安詳。他讓海絲特俯下面孔，靠近丁梅斯代爾的臉，在年輕的牧師告別人世之際，完成了他們最後的語言。海絲特和丁梅斯代爾最後的對話是如此感人，裏面沒有痛苦、沒有悲傷，也沒有怨恨，只有短暫的琴聲如訴般的安詳。因爲就在剛才的高潮段落敍述裏，《紅字》中所有的痛苦、悲傷和怨恨都得到了凝聚，已經成爲了強大的壓迫，壓迫著霍桑全部的敍述。可是納撒尼爾讓敍述繼續前進，因爲還有著難以言傳的溫柔沒有表達，這樣的溫柔緊接著剛才的激昂，同時也覆蓋了剛才的激昂。在這安詳和溫柔的小小段落裏，霍桑讓前面二百多頁逐漸聚集起來的情感，那些使敍述已經不堪重負的巨大情感，在瞬間獲得了釋放。這就是納撒尼爾·霍桑，也是蕭斯塔科維奇爲什麼要用一個短暫的抒情段落來結束強大的高潮段落，因爲他們需要獲得拯救，需要在越來越沉重或者越來越激烈的敍述裏得到解脫。同時，這高潮之上的高潮，也是對整個敍述的酬謝，就像死對生的酬謝。

一九九九年一月二十六日

編註：

1. 蕭斯塔科維奇Dimitri Dmitrievich Shostakovitch，台譯：蕭士塔高維契。

2. 斯托科夫斯基Leopold Stokovski，台譯：史陶高夫斯基。

3. 瓦爾特Bruno Walter，台譯：華爾特。

4. 《姆欽斯克縣的馬克白夫人》，英譯：Lady Macbeth of the Mtsensk District，台譯：《馬克白夫人》。

5. 帕斯捷爾納克Boris Leonidovich Pasternak，台譯：巴斯特納克。

6. 博爾赫斯Jorge Luis Borges，台譯：波赫士。

7. 《波萊羅》Bolero，台譯：《波麗露》。

否定

在歐內斯特・紐曼編輯出版的《回憶錄》裏，柏遼茲❶顯示了其作家的身份，他在處理語言的節奏和變化時，就像處理音樂一樣才華非凡，而且辛辣幽默。正如他認爲自己的音樂「變化莫測」，《回憶錄》中的故事也同樣如此，他在回憶自己一生的同時，情感的浪漫和想像的誇張，以及對語言敘述的迷戀，使他忍不住重新虛構了自己的一生。在浪漫主義時期音樂家的語言作品中，柏遼茲的《回憶錄》可能是最缺少史料價値的一部。這正是他的風格，就是在那部有關管弦樂配器的著作《樂器法》裏，柏遼茲仍然盡情地炫耀他華麗的散文風格。

《回憶錄》中有關莫札特歌劇的章節，柏遼茲這樣寫道：「我對莫札特的欽佩並不強烈……」那時候柏遼茲的興趣在格魯克❷和斯蓬蒂尼❸身上，他承認這是他對《唐璜》和《費加羅婚禮》❹的作曲者態度冷淡的原因所在，「此外，還有另外一個更爲充足的理由。那就是，莫札特爲唐納・安娜寫的一段很差的音樂使我很吃驚……它出現在第二幕抒情的女高音唱段上，這是一首令人悲痛欲絕的歌曲，其中愛情的詩句是用悲傷和淚水表現的。但是這段歌唱卻是用可笑的、不合適的樂句來結束。人們不禁要問，同一個人怎能同時寫出兩種互不相容的東西呢？唐納・安娜好像突然把眼淚擦乾，變成了一個粗俗滑稽的角色。」接下去柏遼茲言詞激烈地說：「我認爲要人們去原諒莫札特這種不可容忍的錯誤是困難的。我願流血捐軀，如果這樣做可以撕掉那可恥的一頁、能夠抹洗他作品中其他類似的污點的話。」

這是年輕的柏遼茲在參加巴黎音樂學院入學考試時的想法，當時的柏遼茲「完全被這所知名學院的戲劇音樂吸引了。我應該說這種戲劇是抒情悲劇。」與此同時，在巴黎的義大利歌劇院裏，義大利人正用義大利語不斷演出著《唐璜》和《費加羅婚禮》。柏遼茲對義大利人和對位法一向心存偏見，於是禍及莫札特，「我那時不相信他的戲劇原則，我對他的熱情降到零上一度。」這樣的情況持續了很多年，直到柏遼茲將音樂學院圖書館裏的原譜與歌劇院裏義大利人的演出相對照後，柏遼茲才從睡夢裏醒來，他發現歌劇院的演出其實是法國式的雜曲，眞正的莫札特躺在圖書館裏泛黃的樂譜上，「首先，是那極其優美的四重奏、五重奏以及幾部奏鳴曲使我開始崇拜他那天使般的天才。」莫札特的聲譽在柏遼茲這裏立刻峰迴路轉了。有趣的是，柏遼茲對莫札特的崇拜並沒有改變他對那段女高音的看法，他的態度反而更加尖刻，「我甚至用『丟臉的』這個形容詞去抨擊那段音樂，這也並不過分。」柏遼茲毫不留情地說：「莫札特在此犯了一個藝術史上最顯目的錯誤，它背離了人的感情、情緒、風雅和良知。」

其實，莫札特歌劇中樂曲和歌詞泯合無間的友情在那時已經廣獲讚揚，雖然這樣的友情都是半途建立的，又在半途分道揚鑣。這是因爲戲劇和音樂都在強調著各自的獨立性，音樂完美的原則和戲劇準確的原則在歌劇中經常互相牴觸，就像漢斯立克所說的「音樂與歌詞永遠在侵佔對方的權利或做出讓步」，漢斯立克有一個很好的比喻，他說：「歌劇好比一個立憲政體，永遠有兩個對等的勢力在競爭著。在這個競爭中，藝術家不能不有時讓這一個原則獲勝，有時讓那一個原則獲勝。」莫札特似乎從來就不給另一個原則，也就是戲劇原則獲勝的機會，他相信好的音樂可以使人們忘掉最壞的歌詞，而相反的情況不會出現。因此莫札特的音樂在歌劇中經常獨立自主地發展著，就是在最複雜的部分，那些終曲部分，取消歌詞單聽音樂時，音樂仍然是清晰的和美麗的。

與莫札特認爲詩應該是音樂順從的女兒完全不同，格魯克使音樂隸屬到了詩的麾下。這位「一到法國，就與義大利歌劇展開長期鬥爭」的德國人——這裏所說的義大利歌劇是指蒙特威爾第之後一百五十年來變得越來越華而不實和故弄玄虛的歌劇，單憑這一點格魯克就深得法國人柏遼茲的好感。格魯克從那個時代虛張聲勢的歌唱者那裏接管了歌劇的主權，就像他的後繼者瓦格納所說的：「格魯克自覺地、信心堅定地表示：表情應和歌詞相符，這才是合情合理、合乎需要，詠歎調和宣敘調都是如此……他徹底改變了歌劇中諸因素彼此之間一度所處的位置……歌唱者成爲了作曲者目的的代理人。」不過格魯克沒有改變詩人與作曲家的關係，與其他越來越獨裁的作曲家不同，格魯克在詩歌面前總是彬彬有禮，這似乎也是柏遼茲喜愛格魯克的原因之一。在格魯克的歌劇裏，柏遼茲不會發現莫札特式的錯誤，那些樂曲和歌詞背道而馳的錯誤。

這時，有一個疑問出現了，那就是莫札特的錯誤是否眞實存在？當柏遼茲認爲莫札特爲唐納・安娜所寫的那一段音樂是「丟臉」的時候，柏遼茲是否掩蓋了音樂敘述中某些否定的原則？或者說他指出了這樣的原則，只是他不贊成將這樣的原則用在樂曲和歌詞關係的處理上，簡單的說，就是他不贊成作曲家在詩歌面前過於獨斷專行。事實上，天使般的莫札特不會看不見那段抒情女高音裏的歌詞已被淚水浸濕了，然而在歌劇中樂曲時常會得到自己的方向，如同開始氾濫的洪水那樣顧不上堤壩的約束了。當莫札特的音樂騎上了沒有繮繩的自由之馬時，還有誰能夠爲他指出方向？只有音樂史上最爲純眞的品質和獨一無二的天才，也就是莫札特自己，才有可能去設計那些在馬蹄下伸展出去的道路。

於是，莫札特的樂曲否定了唐納・安娜唱段中歌詞的含義。柏遼茲注意到了，認爲是一個錯誤，而且還是一個「丟臉」的錯誤。柏遼茲同時代的其他一些人也會注意到，他們沒有說什麼，也許他們並不認爲它是一個錯誤。那個差不多和勃拉姆斯一樣嚴謹的漢斯立克，似乎更願意去讚揚莫札特歌劇中樂曲和歌詞的泯合無間。這似乎是如何對待敍述作品——音樂作品和語言作品時屢見不鮮的例證，人們常常各執一詞，並且互不相讓。下面讓我們來讀一段門德爾松的書信，這是門德爾松聆聽了柏遼茲那首變化莫測、情感氾濫的《幻想交響曲》以後，在羅馬寫給母親的信，他在信中寫道：「您一定聽人說起柏遼茲和他的作品。他使我沮喪。他是一位有教養、有文化、可親的君子，可是樂曲卻寫得很糟。」

門德爾松對這首標題音樂和裏面所暗示的那個陰森的故事沒有好感，或者說他不喜歡柏遼茲在交響樂裏賣弄文學。雖然如紐曼所說的：「所有現代的標題音樂作曲家都以他爲基礎。」然而當時的門德爾松無法接受他這些「講故事的音樂」，因爲柏遼茲有著拉攏文學打擊音樂的嫌疑。而且，「演奏前，他散發了兩千份樂曲解說」，這似乎激怒了門德爾松，使他語氣更加激烈：「我對上述這一切是多麼厭惡。看到人們極爲珍視的思想被漫畫式的手法處理而受到歪曲，遭到貶低，實在令人激憤。」這就是門德爾松對柏遼茲音樂革命的態度。那個反覆出現的主題，也就是後來影響了李斯特和瓦格納的「固定樂思」，在門德爾松眼中，只是「被篡改過的『最後審判日』中的固定低音」而已；當柏遼茲讓樂器不再僅僅發出自己的聲音，而是將樂器的音和色彩加以混合發出新的聲音時，門德爾松這樣寫道：「運用一切可能的管弦樂誇張手段來表現虛假的情感。四面定音鼓、兩架鋼琴——四手聯彈，以此模仿鈴聲，兩架豎琴、許多面大鼓，小提琴分爲八個聲部，兩個聲部由低音提琴演奏，這些手段（如果運用得當，我並不反對）用來表現的只是平淡冷漠的胡言亂語，無非是呻吟、吶喊和反覆的尖叫而已。」

門德爾松在信的最後這樣告訴母親：「當您看到他是怎樣敏銳、恰切地評價和認識事物，而對自己本身卻茫然不知時，您會感到他是十分可悲的。」就像柏遼茲願流血捐軀，如果可以撕掉莫札特音樂中那「可恥的一頁」；門德爾松的反應是：「我無法用語言表達見到他時我是多麼沮喪。我一連兩天都未能工作。」

優美精緻和旋律悠揚的門德爾松，他所贊成的顯然是莫札特的信念，莫札特說：「音樂……絕不能刺耳，它應該怡情悅性；換句話說，音樂應該永遠不失之爲音樂。」這位從來不會將旋律寫得過長或者過短的門德爾松，站立在與柏遼茲絕然相反的方向裏，當柏遼茲在暴烈的激情裏顯示自己的天才時，門德爾松的天才是因爲敍述的克制得到展現。就像門德爾松不能忍受柏遼茲作品中的喧嘩那樣，很多人因爲他從來沒有在音樂裏眞正放任過自己而感到沮喪，與他對柏遼茲的沮喪極爲相似。這就是音樂，或者說這就是敍述作品開放的品質，讚揚和指責常常同出一處，因此讚揚什麼和指責什麼不再成爲目的，它們僅僅是經過，就像道路的存在並不是爲了住下來而是爲了經過那樣，門德爾松對巴赫的讚美和對柏遼茲的沮喪，其實只是爲了表明自己的立場，或者說是對自己音樂的理解和使其合法化的辯護。敍述作品完成後所存在的未完成性和它永遠有待於完成的姿態，一方面展現了敍述作品可以不斷延伸的豐富性，另一方面也爲衆說紛紜提供了便利。

事實上，柏遼茲對莫札特的指責和門德爾松對柏遼茲的沮喪，或多或少地表達出了音樂中某些否定的原則的存在。這裏所要討論的否定並不是音樂敍述裏的風格和觀念之爭，雖然這方面的表現顯得更爲直接和醒目，敍述史的編寫——音樂史和文學史幾乎就是這樣構成的。只要回顧一下巴洛克時期、古典主義時期和浪漫主義時期、一直到現代主義，那些各個時期顯赫的人物和平庸的人物是如何捍衛自己和否定別人的，就會看到音樂史上有關風格和觀念的爭執其實是沒完沒了的混戰，就像一片樹林著火以後禍及了其他的樹林，十八世紀的戰火也同樣會蔓延到二十世紀。如果以此來完成一部音樂作品的話，這部作品所表達出來的「喧嘩與騷動」，將使柏遼茲《幻想交響樂》裏的「喧嘩與騷動」暗淡無光。

因此，這裏所說的否定是指敍述進程中某些突然來到的行爲，這些貌似偶然其實很可能是蓄謀已久的行爲，或者說是敍述自身的任性和放蕩，以及那些讓敍述者受寵若驚的突如其來的靈感，使敍述傾刻之間改變了方向。就像一個正在微笑的人突然翻臉似的，莫札特讓樂曲否定了唐納・安娜的唱詞，柏遼茲讓傳統的交響樂出現了非交響樂的欲望。

穆索爾斯基[5]在給斯塔索夫的信中例舉了他所認爲的四個巨匠——荷馬、莎士比亞、貝多芬和柏遼茲，其他的人都是這四個人的將領和副官，以及無數的追隨者，穆索爾斯基在最後寫道：「他們只能沿著巨匠們劃出的狹路上蹦蹦跳跳，——但是，你如敢於『跑到前面』的話，那將是令人恐懼的！」在這句用驚歎號結束的話裏，穆索爾斯基幾乎使自己成爲了藝術的宿命論者，不過他也確實指出了音樂創作中最大的難題，這樣的難題是膽大包天的人和小心謹愼的人都必須面對的，無論是離經叛道的柏遼茲還是循規蹈距的門德爾松都無法迴避。

與此同時，正是這樣的難題不斷地壓迫著敍述者，才使敍述中的否定可以不斷地合法出現，讓敍述者「跑到前面」，穆索爾斯基指出的「恐懼」同時也成爲了誘惑，成爲了擺脫敍述壓制時的有力武器。尤其是那些才華橫溢的年輕人，創作之路的陌生和漫長很容易使他們深陷於敍述的平庸之中，他們需要在下一個經過句裏獲得嶄新的力量，就像陽光撥開了雲霧，讓正在進行中的敍述不斷去經受震動。於是他們就會經常去借助敍述裏的否定之手，隨便一揮就讓前面的敍述像白癡似的失去了方向，敍述被顚倒過來，方向也被重新確立。瓦格納十七歲時就已經精通此道，在那一年的聖誕之夜，這個標新立異的年輕人以一首《降B大調序曲》參加了萊比錫宮庭劇院的演出，他在每隔四小節的樂曲裏安插了一陣否定式的最強音鼓聲，使聖誕之夜的聽衆們飽受驚嚇。然而在每一次驚嚇之後，劇院裏出現的都是哄堂大笑。

一九二四年，埃爾加❻在題爲〈大英帝國展覽〉的文章裏這樣寫道：「一萬七千個敲著槌的人，擴音機、揚聲器等——有四架飛機在上空盤旋著等等……全都是令人討厭的機械東西。沒有電視，沒有浪漫，欠缺想像……但是，在我腳下我看見了一堆眞正的雛菊，我的眼睛不禁爲之濕潤。」

在這裏，埃爾加表達了一個在內心深處展開的敍述，一堆小小的雛菊，它們很不起眼，而且似乎是軟弱無援，然而它們突然之間產生了力量，可以將一萬七千個槌聲，還有擴音機、揚聲器和飛機等等全部否定。同時，埃爾加也爲存在於敍述中的否定的原則提供了心電圖，這是至關重要的，正是那些隱藏在藝術家內心深處的情感和思想，它們像島嶼和礁石散落在大海裏那樣，散落在內心各處，而且深藏不露，它們等待著敍述之船的經過，讓其靠岸，也讓其觸礁。這幾乎是所有偉大的敍述者都要面對的命運，當巴赫爲兩個合唱隊和兩個管弦樂隊寫下《馬太受難曲》時，他不斷地要讓宣敍調的獨唱去打斷合唱隊的對唱。隨時插入到原有敍述中的新的敍述，成爲了改變方向的否定式敍述，而且時常是當它剛剛否定了前面段落的敍述後，緊接著就會輪到自己被新的段落所否定。樂曲在敍述的輪迴裏死去和再生，作曲家的內心也在經歷著一次次如同閃電般短促的人生，或者說他的樂曲成爲了他內心經歷的錄音。幾乎是出於同樣的理由，紐曼認爲柏遼茲的音樂在心理探索這一領域取得了某些奇妙的成就，同時紐曼也指出了這些來源於內心的音樂並不是胡思亂想之作，而是「都具有一種有分寸的客觀性……這是按事物的面貌來觀察事物，而不是像人們自以爲的用推測和空想來補充肉眼的證據。」

在蘇菲派教徒充滿智慧的言論裏，有一段講述了一個有著博大精深學問的人死後來到了天國的門口，吉祥天使迎了上去，對他說：「喂，凡夫俗子，別往前走了，你得先向我證明你有進天堂的資格！」吉祥天使否定了那人前行的腳步，那人的回答是以同樣的否定來完成，他說：「我要先問問你，你能不能證明這裏是眞正的天國，而不是我死後昏瞀心靈的急切的幻想？」就像音樂敘述中的否定不是爲了敘述的倒退恰恰是爲了前進一樣，語言敘述中突然來到的否定也同樣如此，當那個有著博大精深學問的人對眼前的天國深表懷疑時，天國裏傳出了一個比吉祥天使更加權威的聲音：「放他進來！他是我們中間的人。」

這段寓意豐富的言論可以不斷延伸，或者說在此刻能夠成爲一個比喻，以此來暗示存在於敘述作品中的否定的命運。就像那位博大精深的學者來到了天國之門，敘述中的否定其實就是爲了能夠進入敘述的天國。在一首題爲〈慷慨的敵人〉的詩歌中，展示了來自一個敵人的祝福。已經完成了對愛爾蘭王國全面統治的馬格努斯·巴福德，在十二世紀的某一夜，也就是他去世的前一夜，彌留之際受到了他的仇敵都柏林王穆爾謝爾達赫的陰險的祝福。這位都柏林王在祝辭裏使用了最爲輝煌的詞語，以此來堆積他仇恨的金字塔。這首出自H·傑林之手的詩作，短短十來行的敍述裏出現了兩個絕然不同的方向。

都柏林王首先是「願黃金和風暴與你的軍隊並肩作戰。願你的戰鬥在明天，在我王國的疆場上獲得好運。願你的帝王之手編織起可怕的刀刃之網。願那些向你的劍做出反抗的人成爲紅色天鵝的食物。願你的衆神滿足你的光榮，願他們滿足你噬血的欲望。願你在黎明獲勝，蹂躪愛爾蘭的王啊。」隨後，這位慷慨的敵人讓敍述中眞正的方向出現了——

願所有的日子都比不上明天的光輝。

因為這一天將是末日。我向你發誓，馬格努斯王。

因為在它的黎明消逝之前，我要擊敗你和抹去你，馬格努斯・巴福德。

就像馬格努斯王蹂躪了愛爾蘭一樣，H・傑林也讓「因爲這一天將是末日」的詩句蹂躪了「願黃金和風暴與你的軍隊並肩作戰……」。突然來到的否定似乎是敍述裏最爲殘忍的時刻，它時常是在原有的敍述逐漸強大起來時，伸出它的暴君之腳將其踐踏。H・傑林的詩作使人想起海頓著名的玩笑之作《驚愕交響曲》，這首傳說是為了驚醒那些附庸風雅的欣賞音樂的瞌睡者的作品，其實有著敍述自身的理由。在最溫暖的行板進行之中，海頓突然以投彈之勢，爆炸出十六小節石破天驚的最強的擊鼓音，令數目可觀的聽衆在傾刻之間承受了差不多是一生的驚嚇。儘管如此，人們仍然難以忘記這首作品中令人愉悅的音樂——緩慢的序曲、第一樂章中帶著笑意的主題、華爾滋般的小步舞曲和精神抖擻的旋律。可以這麼說，海頓的《驚愕》和H・傑林的詩作共同指出了敍述中日出的景象和生命的誕生。當十六小節極強的擊鼓音在瞬間否定了溫暖的行板之後；當「我要擊敗你和抹去你」在瞬間否定了「願你的戰鬥在明天，在我王國的疆場上獲得好運」之後，敍述也在瞬間獲得了起飛。

一九九九年三月二十三日

編註：

1. 柏遼茲Hector Berlioz，台譯：白遼士。

2. 格魯克Christoph Willibald Gluck，台譯：葛路克。

3. 斯蓬蒂尼Gaspare Spontini，台譯：史邦替尼。

4.《費加羅婚禮》Die Hochzeit des Figaro，台譯：《費加洛婚禮》。

5. 穆索爾斯基Modest Mussorgsky，穆索斯基。

6. 埃爾加Edward Elgar，台譯：艾爾加。

靈感

什麼是靈感？亞里士多德在《修辭學》裏曾經引用了伯里克利的比喻，這位希臘政治家在談到那些爲祖國而在戰爭中死去的年輕人時，這樣說：「就像從我們的一年中奪走了春天。」是什麼原因讓伯里克利將被奪走的春天和死去的年輕人重疊到一起？古典主義的答案很單純，他們認爲這是神的意旨。這個推脫責任的答案似乎是有關靈感的最好解釋，因爲它無法被證明，同時也很難被駁倒。

柏拉圖所作〈伊安篇〉可能是上述答案的來源，即便不能說是最早的，也可以說它是最完整的來源。能說會道的蘇格拉底在家中接待了遠道而來的吟誦詩人伊安，然後就有了關於靈感的傳說。受人寵愛的伊安是荷馬史詩最好的吟誦者，他帶著兩個固執的想法來見蘇格拉底，他認爲自己能夠完美地吟誦荷馬的作品，而不能很好地吟誦赫西爾德❶和阿豈羅庫斯的作品，其原因首先是荷馬的作品遠遠高於另兩位詩人的作品，其次就是他自己吟誦的技藝。蘇格拉底和伊安的對話是一次邏輯學上著名的戰役，前者不斷設置陷阱，後者不斷掉入陷阱。最後蘇格拉底讓伊安相信了他之所以能夠完美地吟誦荷馬的作品，不是出於技藝，也不是荷馬高於其他詩人，而是因爲靈感的作用，也就是有一種神力在驅使著他。可憐的伊安說：「我現在好像明白了大詩人們都是靈感的神的代言人。」蘇格拉底進一步說：「而你們吟誦詩人又是詩人的代言人。」於是，伊安沒有了自己的想法，他帶著蘇格拉底的想法回家了。

理查・施特勞斯的父親經常對他說：「莫札特活到三十六歲爲止所創作的作品，即使在今天請最好的抄寫員來抄，也難以在同樣的時間裏把這些作品抄完。」是什麼原因讓那位樂師的兒子在短短一生中寫出了如此大量的作品？理查・施特勞斯心想：「他一定被天使手中的飛筆提示和促成的——正像費茲納❷的歌劇《帕列斯特里那》第一幕最後一景中所描繪的那樣。」在其他作曲家草稿本中所看到的修改的習慣，在莫札特那裏是找不到的。於是，理查・施特勞斯只能去求助古典主義的現成答案，他說：「莫札特所寫的作品幾乎全部來自靈感。」

莫札特是令人羡慕的，當靈感來到他心中時似乎已經是完美的作品，而不是點點滴滴的啓示，彷彿他手中握有天使之筆，只要墨水還在流淌，靈感就會仍然飛翔。理查・施特勞斯一直驚訝於古典主義作曲家源源不斷的創作靈感，在海頓、貝多芬和舒伯特身上，同樣顯示出了驚人的寫作速度和數量。「他們的旋律是如此的衆多，旋律本身是這樣的新穎、這樣的富有獨創性，同時又各具特點而不同。」而且，在他們那裏「要判斷初次出現靈感和它的繼續部分以及它發展成爲完整的、擴展的歌唱性樂句之間的關係是困難的。」也就是說，理查・施特勞斯無法從他們的作品中分析出靈感與寫作的持續部分是如何連接的。一句話，理查・施特勞斯沒有自己的答案，他就像一個不會言說的孩子那樣只能打著手勢。

對歌德來說，「我在內心得到的感受，比我主動的想像力所提供的，在千百個方面都要更富於美感、更爲有力、更加美好、更爲絢麗。」內心的感受從何而來？

歌德暗示了那是神給予他的力量。不僅僅是歌德，幾乎所有的藝術家在面對靈感時，都不約而同地將自己下降到奴僕的位置，他們的謙卑令人感到他們的成就似乎來自某種幸運，靈感對他們寵愛的幸運。而一個藝術家的修養、技巧和洞察力，對他們意味著——用歌德話說：「只不過使我內心的觀察和感受藝術性地成熟起來，並給它複製出生動的作品。」然後，歌德說出了那句著名的話：「我把我的一切努力和成就都看做是象徵性的。」是靈感或者是神的意旨的象徵。

當靈感來到理查・施特勞斯身上時，是這樣的：「我感到一個動機或兩到四小節的旋律樂句是突然進入我的腦海的，我把它記在紙上，並立即把它發展成八小節、十六小節或三十二小節的樂句。它當然不是一成不變，而是經過或長或短的『陳放』之後，通過逐步的修改，成爲經得起自己對它的最嚴厲審核的最終形式。」而且「作品進展的速度主要取決於想像力何時能對我做進一步的啓示。」對理查・施特勞斯來說，靈感來到時的精神活動不僅僅和天生的才能有關，也和自我要求和自我成長有關。

這裏顯示了靈感來到時兩種不同的命運。在莫札特和索福克勒斯那裏，靈感彷彿是夜空的星辰一樣繁多，並且以源源不斷的方式降臨，就像那些不知疲倦的潮汐，永無休止地拍打著礁石之岸和沙灘之岸。而在理查・施特勞斯這些後來的藝術家那裏，靈感似乎是沙漠裏偶然出現的綠洲，來到之後還要經歷一個「陳放」的歲月，而且在這或長或短的「陳放」結束以後，靈感是否已經成熟還需要想像力進一步的啓示。

理查・施特勞斯問自己：「究竟什麼是靈感？」他的回答是：「一次音樂的靈感被視爲一個動機、一支旋律；我突然受到『激發』，不受理性指使地把它表達出來。」理查・施特勞斯在對靈感進行「陳放」和在等待想像力進一步啓示時，其實已經隱含了來自理性的判斷和感悟。事實上，在柏遼茲和理查・施特勞斯這些熱中於標題音樂的作曲家那裏，理性或明或暗地成爲了他們敍述時對方向的選擇。只有在古典主義的藝術家那裏，尤其是在莫札特那裏，理性才是難以捉摸的。這就是爲什麼人們總喜歡認爲莫札特是天使的理由，因爲他和靈感之間的親密關係是獨一無二的。儘管在接受靈感來到的方式上有著不同的經歷，理查·施特勞斯在面對靈感本身時和古典主義沒有分歧，他否定了理性的指使，而強調了突然受到的「激發」。

柴可夫斯基在給梅克夫人的信中，指責了有些人認爲音樂創作是一項冷漠和理性的工作，他告訴梅克夫人「您別相信他們的話，」他說：「只有從藝術家受靈感所激發的精神深處流露出來的音樂才能感動、震動和觸動人。」柴可夫斯基同樣強調了靈感來到時的唯一方式——激發。在信中，柴可夫斯基仔細地描述了靈感來到時的美妙情景，他說：「忘掉了一切，像瘋狂似的，內心在戰慄，匆忙地寫下草稿，一個樂思緊追著另一個樂思。」

這時候的柴可夫斯基「我滿心的無比愉快是難以用語言向您形容的」，可是接下去倒楣的事發生了，「有時在這種神奇的過程中，突然出現了外來的衝擊，使人從這種夢遊的意境中覺醒。有人按門鈴，僕人進來了，鐘響了，想起應該辦什麼事了。」柴可夫斯基認爲這樣的中斷是令人難受的，因爲中斷使靈感離去了，當藝術家的工作在中斷後繼續時，就需要重新尋找靈感，這時候往往是無法喚回飛走的靈感。爲什麼在那些最偉大的作曲家的作品中常常可以看到缺乏有機的聯繫之處？爲什麼他們寫下了出現漏洞、整體中的局部勉強黏合在一起的作品？柴可夫斯基的看法是：在靈感離去之後這些作曲家憑藉著技巧還在工作，「一種十分冷漠的、理性的、技術的工作過程來提供支援了」。柴可夫斯基讓梅克夫人相信，對藝術家來說，靈感必須在他們的精神狀態中不斷持續，否則藝術家一天也活不下去。如果沒有靈感，那麼「弦將繃斷，樂器將成爲碎片」。

柴可夫斯基將靈感來到後的狀態比喻爲夢遊，理查・施特勞斯認爲很多靈感是在夢中產生的，爲此他引用了《名歌手》中沙赫斯的話——「人的最眞實的幻想是在夢中對我們揭示的。」他問自己：「我的想像是否在夜晚獨自地、不自覺地、不受『回憶』束縛地活動著？」與此同時，理查・施特勞斯相信生理的因素有時候也起到了某些決定性的作用，他說：「我在晚間如遇到創作上的難題，並且百思不得其解時，我就關上我的鋼琴和草稿本，上床入睡。當我醒來時，難題解決了，進展順利。」

理查・施特勞斯將靈感視為「新的、動人的、激發興趣的、深入到靈魂深處的、前所未有的東西」，因此必須要有一副好身體才能承受它們源源不斷地降臨。他的朋友馬勒在談到自己創作《第二交響曲》的體會時，補充了一個重要的環節，那就是某些具有了特定氣氛的場景幫助促成了藝術家和靈感的美妙約會。當時的馬勒雄心勃勃，他一直盤算著將合唱用在《第二交響曲》的最後一個樂章，可是他又顧慮重重，他擔心別人會認為他是在對貝多芬的表面模仿，「所以我一次又一次地裹足不前」，這時他的朋友布羅去世了，他出席了布羅的追悼會。當他坐在肅默和沉靜的追悼會中時，他發現自己的心情正好是那部已經深思熟慮的作品所要表達的精神。這僅僅是開始，命運裏隱藏的巧合正在將馬勒推向激情之岸，如同箭在弦上一樣，然後最重要的時刻出現了——合唱隊從風琴樓廂中唱出克洛普斯托克的聖詠曲《復活》，馬勒彷彿受到閃電一擊似的，靈感來到了。「頓時，我心中的一切顯得清晰、明確！創造者等待的就是這種閃現，這就是『神聖的構思』。」

馬勒在給他的朋友安東・西德爾的信中，解釋了靈感對於藝術家的重要性。在他看來，要讓藝術家說淸自己的性格是什麼、自己的目標是什麼是十分困難的。「他像個夢遊者似的向他的目標蹣跚地走去——他不知道他走的是哪條路（也許是一條繞過使人目眩的深淵的路），但是他向遠處的光亮走去，不論它是不朽的星光，還是誘人的鬼火。」馬勒說出了一個重要的事實，那就是藝術家永遠都無法知道自己走的是哪條路，如果他們有勇氣一直往前走的話，他們必將是靈感的信徒。就像遠處的光亮一樣，指引著他們前行的靈感是星光還是鬼火其實不重要，重要的是這靈感之光會使藝術家「心中的一切顯得淸晰、明確」；與此同時，靈感也帶來了自信，使那些在別人的陰影裏顧慮重重和裹足不前的人看到了自己的陽光。這樣的陽光幫助馬勒驅散了貝多芬的陰影，然後，他的敍述之路開始明亮和寬廣了。

與理查・施特勞斯一樣，馬勒認爲對一個構思進行「陳放」是必要的。他告訴安東・西德爾，正是在構思已經深思熟慮之後，布羅追悼會上突然出現的靈感才會如此迅猛地衝擊他。「如果我那時心中尚未出現這部作品的話，我怎麼會有那種感受？所以這部作品一定是一直伴隨著我。只有當我有這種感受時我才創作；我創作時，我才有這樣的感受。」

在加西亞-馬爾克斯❸這裏，「陳放」就是「丟棄」。他在和門多薩的對話《番石榴飄香》中這樣說：「如果一個題材經不起多年的丟棄，我是決不會有興趣的。」他聲稱《百年孤獨》❹想了十五年，《家長的沒落》❺想了十六年，而那部只有一百頁的《一樁事先張揚的兇殺案》❻想了三十年。馬爾克斯認為自己之所以能夠瓜熟蒂落地將這些作品寫出來，唯一的理由就是那些想法經受住了歲月的考驗。

對待一個敍述構想就像是對待婚姻一樣需要深思熟慮，在這方面，馬爾克斯和馬勒不謀而合。海明威和他們有所不同，雖然海明威也同意對一個題材進行「陳放」是必要的，他反對倉促動筆，可是他認為不能擱置太久。過久的擱置會喪失敍述者的激情，最終會使美妙的構想淪落為遺忘之物。然而，馬爾克斯和馬勒似乎從不為此操心，就像他們從不擔心自己的妻子是否會與人私奔，他們相信自己的構想會和自己的妻子一樣忠實可靠。在對一個構想進行長期的陳放或者丟棄之時，馬爾克斯和馬勒並沒有袖手旁觀，他們一直在等待，確切的說是在尋找理查・施特勞斯所說的「激發」，也就是靈感突然的出現。如同馬勒在布羅追悼會上的遭遇，在對《百年孤獨》的構想丟棄了十五年以後，有一天，當馬爾克斯帶著妻子和兒子開車去阿卡普爾科旅行時，他腦中突然出現了一段敍述——「多年之後，面對槍決行刑隊，奧雷良諾・布恩地亞上校將會想起，他父親帶他去見識冰塊的那個遙遠的下午。」

於是，旅行在中途結束了，《百年孤獨》的寫作開始了。這情景有點像奧克塔維奥・帕斯所說的，靈感來到時「詞語不待我們呼喚就自我呈現出來」。帕斯將這樣的時刻稱爲「靈光一閃」，然後他從另一個角度解釋了什麼是靈感，他說：「靈感就是文學經驗本身。」與歌德不同的是，帕斯強調了藝術家自身的修養、技巧和洞察力的重要性，同時他也爲「陳放」或者「丟棄」的必要性提供了支援。在帕斯看來，正是這些因素首先構成了河床，然後靈感之水才得以永不間斷地流淌和蕩漾；而且「文學經驗本身」也創造了藝術家的個性，帕斯認爲藝術家與衆不同的獨特品質來源於靈感，正是因爲「經驗」的不同，所獲得的靈感也不相同。他說：

「什麼叫靈感？我不知道。但我知道，正是那種東西使魯文・達里奧的一行十一音節詩有別於貢戈拉，也有別於克維多。」

加西亞－馬爾克斯對靈感的解釋走向了寫作的現實，或者說他走向了蘇格拉底的反面，他對門多薩說：「靈感這個詞已經給浪漫主義作家搞得聲名狼籍了。我認為，靈感既不是一種才能，也不是一種天賦，而是作家堅韌不拔的精神和精湛的技巧為他們所努力要表達的主題做出的一種和解。」馬爾克斯想說的似乎是歌德那句著名的格言——天才即勤奮，但是他並不認為自己的成就是象徵性的，他將靈感解釋為令他著迷的工作。「當一個人想寫點東西的時候，那麼這個人和他要表達的主題之間就會產生一種互相制約的緊張關係，因為寫作的人要設法探究主題，而主題則力圖設置種種障礙。有時候，一切障礙會一掃而光，一切矛盾會迎刃而解，會發生過去夢想不到的事情。這時候，你才會感到，寫作是人生最美好的事情。」然後，寫作者才會明白什麼是靈感。他補充道：「這就是我所認為的靈感。」

我手頭的資料表示了兩個不同的事實，古典主義對靈感的解釋使藝術創作顯得單純和寧靜，而理查・施特勞斯之後的解釋使創作活動變得令人望而生畏。然而無論哪一種解釋都不是唯一的聲音，當古典主義認為靈感就是神的意旨時，思想的權威蒙田表示「必須審慎看待神的意旨」，因為「誰人能知上帝的意圖？誰人能想像天主的意旨？」蒙田以他一慣的幽默說：「太陽願意投射給我們多少陽光，我們就接受多少。誰要是為了讓自己身上多受陽光而抬起眼睛，他的自以為是就要受到懲罰。」同樣的道理，那些敢於解釋靈感的後來者，在他們的解釋結束之後，也會出現和帕斯相類似的擔憂，帕斯在完成他的解釋工作後聲明：「像所有的人一樣，我的答案也是暫時性的。」

從蘇格拉底到馬爾克斯，有關靈感解釋的歷史，似乎只是為了表明創作越來越艱難的歷史。而究竟什麼是靈感，回答的聲音永遠在變奏著。如果有人來告訴我：「人們所以要解釋靈感，並不是他們知道靈感，而是他們不知道。」我不會奇怪。

一九九九年七月十八日

編註：

1. 赫西爾德Hesiod，台譯：赫西俄德。
2. 費茲納Hans Pfitzner，台譯：普費茲納。
3. 加西亞-馬爾克斯Gabriel Garcia Marquez，台譯：馬奎斯。
4. 《百年孤獨》Cien anos de soledad，台譯：《百年孤寂》。
5. 《家長的沒落》El otono del patriarca，台譯：《獨裁者的秋天》。
6. 《一樁事先張揚的兇殺案》Crónica de una muerte anunciada，台譯：《預知死亡紀事》。

色彩

「我記得有一次和里姆斯基-科薩柯夫❶、斯克里亞賓❷坐在『和平咖啡館』的一張小桌子旁討論問題。」拉赫瑪尼諾夫❸在《回憶錄》裏記錄了這樣一件往事——這位來自莫斯科樂派的成員與來自聖彼得堡派「五人團」的里姆斯基-科薩柯夫有著親密的關係，儘管他們各自所處的樂派幾乎永遠是對立的，然而人世間的友誼和音樂上的才華時常會取消對立雙方的疆界，使他們坐到了一起。雖然在拉赫瑪尼諾夫情緒開朗的回憶錄裏無法確知他們是否經常相聚，我想聚會的次數也不會太少。這一次他們坐到一起時，斯克里亞賓也參加了進來。

話題就是從斯克里亞賓開始的，這位後來的俄羅斯「印象派」剛剛有了一個新發現，正試圖在樂音和太陽光譜之間建立某些關係，並且已經在自己構思的一部大型交響樂裏設計這一層關係了。斯克里亞賓聲稱自己今後的作品應該擁有鮮明的色彩，讓光與色和音樂的變化配合起來，而且還要在總譜上用一種特殊的系統標上光與色的價值。

習慣了在陰鬱和神秘的氣氛裏創造音符的拉赫瑪尼諾夫，對斯克里亞賓的想法是否可行深表懷疑，令他吃驚的是，里姆斯基-科薩柯夫居然同意這樣的說法，這兩個人都認爲音樂調性和色彩有聯繫，拉赫瑪尼諾夫和他們展開了激烈的爭論。就像其他場合的爭論，只要有三個人參與的爭論，分歧就不會停留在兩方。里姆斯基-科薩柯夫和斯克里亞賓在原則上取得一致後，又在音與色的對等接觸點上分道揚鑣。里姆斯基-科薩柯夫認爲降E大調是藍色的，斯克里亞賓則一口咬定是紫紅色的。他們之間的分歧讓拉赫瑪尼諾夫十分高興，這等於是在證明拉赫瑪尼諾夫是正確的。可是好景不長，這兩個人隨即在其他調性上看法一致了，他們都認爲D大調是金棕色的。里姆斯基-科薩柯夫突然轉過身去，大聲告訴拉赫瑪尼諾夫：「我要用你自己的作品來證明我們是正確的。例如，你的《吝嗇的騎士》中的一段：老男爵打開他的珠寶箱，金銀珠寶在火光的照耀下閃閃發光，對不對？」

拉赫瑪尼諾夫不得不承認，那一段音樂確實是寫在D大調裏的。里姆斯基-科薩柯夫為拉赫瑪尼諾夫尋找的理由是：「你的直覺使你下意識地遵循了這些規律。」拉赫瑪尼諾夫想起來里姆斯基-科薩柯夫的歌劇《薩特闊》❹裏的一個場景：群衆在薩特闊的指揮下從伊爾曼湖中拖起一大網金色的魚時，立刻爆發了歡樂的喊叫聲：「金子！金子！」這個喊叫聲同樣也是寫在D大調裏。拉赫瑪尼諾夫最後寫道：「我不能讓他們不帶著勝利者的姿態離開咖啡館，他們相信已經徹底地把我駁倒了。」

從《回憶錄》來看，拉赫瑪尼諾夫是一個愉快的人，可是他的音樂是陰鬱的。這是很多藝術家共有的特徵，人的風格與作品的風格常常對立起來。顯然，藝術家不願意對自己口袋裏已經擁有的東西津津樂道，對藝術的追求其實也是對人生的追求，當然這一次是對完全陌生的人生的追求，因為藝術家需要虛構的事物來填充現實世界裏過多的空白。畢卡索的解釋是藝術家有著天生的預感，當他們心情愉快的時候，他們就會預感到悲傷的來臨，於是提前在作品中表達出來；反過來，當他們悲傷的時候，他們的作品便會預告苦盡甜來的歡樂。拉赫瑪尼諾夫兩者兼而有之，《回憶錄》顯示，拉赫瑪尼諾夫愉快的人生之路是穩定和可靠的，因此他作品中陰鬱的情緒也獲得了同樣的穩定，成爲了貫穿他一生創作的基調。我們十分輕易地從他作品中感受到俄羅斯草原遼闊的氣息，不過他的遼闊草原始終是灰濛濛。他知道自己作品中缺少鮮明的色彩，或者說是缺少色彩的變化。爲此，他尊重里姆斯基-科薩柯夫，他說：「我將永遠不會忘記里姆斯基—科薩柯夫對我的作品所給予的批評。」

他指的是《春天》康塔塔。里姆斯基-科薩柯夫認爲他的音樂寫得很好，可是樂隊裏沒有出現「春天」的氣息。拉赫瑪尼諾夫感到這是一針見血的批評，很多年以後，他仍然想把《春天》康塔塔的配器全部修改。他這樣讚揚他的朋友：「在里姆斯基-科薩柯夫的作品裏，人們對他的音樂想要表達的『氣象的』情景從無絲毫懷疑。如果是一場暴風雪，雪花似乎從木管和小提琴的音孔中飛舞地飄落而出；陽光高照時，所有的樂器都發出炫目的光輝；描寫流水時，浪花潺潺地在樂隊中四處濺潑，而這種效果不是用廉價的豎琴刮奏製造出來的；描寫天空閃爍著星光的冬夜時，音響清涼，透明如鏡。」

拉赫瑪尼諾夫對自己深感不滿，他說：「我過去寫作時，完全不理解——我不知道怎麼說才好……樂隊音響和——氣象學之間的關係。」在他看來，里姆斯基-科薩柯夫的作品世界裏有一個預報準確的氣象站，而在他自己的作品世界裏，連一個經常出錯的氣象站都沒有。這是令他深感不安的原因所在。問題是拉赫瑪尼諾夫作品中灰濛濛的氣候是持久不變的，那裏不需要任何來自氣象方面的預報。就像沒有人認爲有必要在自己的夢境中設立一個氣象站，拉赫瑪尼諾夫作品的世界其實就是夢的世界，在歡樂和痛苦的情感的背景上，拉赫瑪尼諾夫的色彩都是相同的，如同在夢中無論是悲是喜，色彩總是陰鬱的那樣。拉赫瑪尼諾夫作品裏長時間不變的灰濛濛，確實給人以色彩單一的印象，不過同時也讓人們注意到了他那穩定的灰濛濛的顏色其實無限深遠，就像遼闊的草原和更加遼闊的天空一樣向前延伸。這也是爲什麼人們會在拉赫瑪尼諾夫的音樂中始終感受到神秘的氣氛在彌漫。

另一個例子來自他們的俄羅斯同胞瓦西里・康定斯基。對康定斯基而言，幾乎每一種色彩都能夠在音樂中找到相對應的樂器，他認爲：「藍色是典型的天堂色彩，它所喚起的最根本的感覺是寧靜。當它幾乎成爲黑色時，它會發出一種彷彿是非人類所有的悲哀。當它趨向白色時，它對人的感染力就會變弱。」因此他斷言，淡藍色是長笛，深藍色是大提琴，更深的藍色是雷鳴般的雙管巴斯，最深的藍色是管風琴。當藍色和黃色均勻的調合成爲綠色時，康定斯基繼承了印象派的成果，他感到綠色有著特有的鎮定和平靜，可是當它一旦在黃色或者藍色裏佔優勢時，就會帶來相應的活力，從而改變內在的感染力，所以他把小提琴給了綠色，他說：「純粹的綠色是小提琴以平靜而偏中的調子來表現的。」而紅色有著無法約束的生氣，雖然它沒有黃色放肆的感染效果，然而它是成熟的和充滿強度的。康定斯基感到淡暖紅色和適中的黃色有著類似的效果，都給人以有力、熱情、果斷和凱旋的感覺，「在音樂裏，它是喇叭的聲音。」朱紅是感覺鋒利的紅色，它是靠藍色來冷卻的，但是不能用黑色去加深，因爲黑色會壓制光芒。康定斯基說：「朱紅聽起來就像大喇叭的聲音，或雷鳴般的鼓聲。」紫色是一個被冷化了的紅色，所以它是悲哀和痛苦的，「在音樂裏，它是英國號或木製樂器（如巴松）的深沉調子。」

康定斯基喜歡引用德拉克洛瓦的話，德拉克洛瓦說：「每個人都知道，黃色、橙色和紅色給人歡快和充裕的感覺。」歌德曾經提到一個法國人的例子，這個法國人由於夫人將室內家具的顏色從藍色改變成深紅色，他對夫人談話的聲調也改變了。還有一個例子來自馬賽爾・普魯斯特，當他下榻在旅途的某一個客棧時，由於房間是海洋的顏色，就使他在遠離海洋時仍然感到空氣裏充滿了鹽味。

康定斯基相信色彩有一種直接影響心靈的力量，他說：「色彩的和諧必須依賴於與人的心靈相應的振動，這是內心需要的指導原則之一。」康定斯基所說的「內心需要」，不僅僅是指內心世界的衝動和渴望，也包含了實際表達的意義。與此同時，康定斯基認爲音樂對於心靈也有著同樣直接的作用。爲此，他借用了莎士比亞《威尼斯商人》中的詩句，斷然認爲那些靈魂沒有音樂的人、那些聽了甜蜜和諧的音樂而不動情的人，都是些爲非作惡和使奸弄詐的人。在康定斯基看來，心靈就像是一個溶器，繪畫和音樂在這裏相遇後出現了類似化學反應的活動，當它們互相包容之後就會出現新的和諧。或者說對心靈而言，色彩和音響其實沒有區別，它們都是內心情感延伸時需要的道路，而且是同一條道路。在這方面，斯克里亞賓和康定斯基顯然是一致的，不同的是前者從繪畫出發，後者是從音樂出發。

斯克里亞賓比里姆斯基-科薩柯夫走得更遠，他不是通過配器，或者說是通過管弦樂法方面的造詣來表明音樂中的色彩，他的努力是爲了在精神上更進一步平衡聲與色的關係。在一九一一年莫斯科出版的《音樂》雜誌第九期上，斯克里亞賓發表了有關這方面的圖表，他認爲這是爲他的理論提供令人信服的證據。在此之前，另一位俄羅斯人A·薩夏爾金-文科瓦斯基女士也發表了她的研究成果，也是一份圖表，她的研究表明：「通過大自然的色彩來描述聲音，通過大自然的聲音來描述色彩，使色彩能耳聽，聲音能目見。」俄羅斯人的好奇心使他們在此領域樂此不疲，康定斯基是一個例子，斯克里亞賓是另一個例子，這是兩個對等起來的例子。

康定斯基認爲音樂與繪畫之間存在著一種深刻的關係，爲此他借助了歌德的力量，歌德曾經說過繪畫必須將這種關係視爲它的根本。康定斯基這樣做了，所以他感到自己的作品表明了「繪畫在今天所處的位置」。如果說斯克里亞賓想讓他的樂隊演奏繪畫，那麼瓦西里・康定斯基一直就是在畫音樂。

長期在巴黎蒙特馬特的一家酒吧裏彈鋼琴的薩蒂❺，認爲自己堵住了就要淹沒法國音樂思想和作品的瓦格納洪流，他曾經對德彪西❻說：「法國人一定不要捲入瓦格納的音樂冒險活動中去，那不是我們民族的抱負。」雖然在別人看來，他對同時代的德彪西和拉威爾的影響被誇大了，「被薩蒂自己誇大了」，不過他確實是印象派音樂的前驅。他認爲他的道路，也是印象派音樂的道路開始於印象派繪畫。薩蒂說：「我們爲什麼不能用已由莫奈❼、塞尚、土魯斯-勞特累克❽和其他畫家所創造出的、並衆人們熟知的方法。我們爲什麼不能把這些方法移用在音樂上？沒有比這更容易的了。」

薩蒂自己這麼做了，拉威爾和德彪西也這麼做了，做的最複雜的是拉威爾，做的最有名的可能是德彪西。法國人優雅的品質使他們在處理和聲時比俄羅斯人細膩，於是德彪西音響中的色彩也比斯克里亞賓更加豐富與柔美，就像大西洋黃昏的景色，天空色彩的層次如同海上一層層的波濤。勳伯格在《用十二音作曲》中這樣寫道：「他（德彪西）的和聲沒有結構意義，往往只用做色彩目的，來表達情緒和畫面。情緒和畫面雖然是非音樂的，但也成爲結構要素，並入到音樂功能中去。」將莫奈和塞尙的方法移用到音樂上，其手段就是勳伯格所說的，將非音樂的畫面做爲結構要素並入到音樂功能之中。

有一個問題是，薩蒂他們是否眞的堵住了瓦格納洪流？雖然他們都是浪漫主義的反對者和印象主義的擁護者，然而他們都是聰明人，他們都感受到了瓦格納音樂的力量，這也是他們深感不安的原因所在。薩蒂說：「我完全不反對瓦格納，但我們應該有我們自己的音樂——如果可能的話，不要任何『酸菜』。」薩蒂所說的酸菜，是一種德國人喜歡吃的菜。由此可見，印象主義者的抵抗運動首先是出於民族自尊，然後才是爲了音樂。事實上瓦格納的影響力是無敵的，這一點誰都知道，薩蒂、拉威爾和德彪西他們也是心裏明白。這就是藝術的有趣之處，強大的影響力不一定來自學習和模仿，有時候恰恰產生在激烈的反對和抵抗之中。因此，勳伯格做爲局外人，他的話也就更加可信，他說：「理查・瓦格納的和聲，在和聲邏輯和結構力量方面促進了變化。變化的後果之一就是所謂和聲的印象主義用法，特別是德彪西在這方面的實踐。」

熱中於創作優美的雜耍劇場的民謠的薩蒂，如何能夠眞正理解寬廣激昂的瓦格納？對薩蒂而言，瓦格納差不多是音樂裏的梅菲斯特，是瘋狂和恐怖的象徵，當他的音樂越過邊境來到巴黎的時候，也就是洪水猛獸來了。凡高❾能夠眞正理解瓦格納，他在寫給姊姊耶米娜的信中說道：「加強所有的色彩能夠再次獲得寧靜與和諧。」顯然，這是薩蒂這樣的人所無法想像的，對他們來說，寧靜與和諧往往意味著低調子的優美，當所有的色彩加強到近似於瘋狂的對比時，他們的眼睛就會被色盲困擾，看不見和諧，更看不見寧靜。然而，這卻是瓦格納和凡高他們的樂園。凡高爲此向他的姊姊解釋道：「大自然中存在著類似瓦格納的音樂的東西。」他繼續說：「儘管這種音樂是用龐大的交響樂器來演奏的，但它依然使人感到親切。」在凡高看來，瓦格納音樂中的色彩比陽光更加熱烈和豐富，同時它們又是眞正的寧靜與和諧，而且是印象主義音樂難以達到的寧靜與和諧。在這裏，凡高表達了與康定斯基類似的想法，那就是「色彩的和諧必須依賴於與人的心靈相應的振動」。於是可以這麼說，當色彩來到藝術作品中時，無論是音樂還是繪畫，都會成爲內心的表達，而不是色彩自身的還原，也就是說它們所表達的是河床的顏色，不是河水的顏色，不過河床的顏色直接影響了河水的顏色。

康定斯基認爲每一個顏色都可以是既暖又冷的，但是哪一個顏色的冷暖對立都比不上紅色這樣強烈。而且，不管其能量和強度有多大，紅色「只把自身燒紅，達到一種雄壯的成熟程度，並不向外放射許多活力。」康定斯基說，它是「一種冷酷地燃燒著的激情，存在於自身中的一種結實的力量。」在此之前，歌德已經在純紅中看到了一種高度的莊嚴和肅穆，而且他認爲紅色把所有其他的顏色都統一在自身之中。

尤瑟納爾❿在她有關東方的一組故事裏，有一篇充滿了法國情調的中國故事〈王佛脫險記〉。王佛是一位奇妙的畫師，他和弟子林浪遊在漢代的道路上，他們行囊輕便，尤瑟納爾的解釋是「因爲王佛愛的是物體的形象而不是物體本身」。林出身豪門，嬌生慣養的生活使他成爲了一個膽小的人，他的父母爲他找到了一個「嬌弱似蘆葦、稚嫩如乳汁、甜的像口水、鹹的似眼淚」的妻子，然後謹愼知趣的父母雙雙棄世了。林與妻子恩愛地生活在朱紅色的庭院裏，直到有一天林和王佛在一家小酒店相遇後，林感到王佛「送給了他一顆全新的靈魂和一種全新的感覺」，林將王佛帶到家中，從此迷戀於畫中的景色，而對人間的景色逐漸視而不見。他的妻子「自從林愛王佛爲她作的畫像勝過愛她本人以來，她的形容就日漸枯槁」，於是她自縊身亡，尤瑟納爾此刻的描述十分精美：「一天早晨，人們發現她吊死在正開著粉紅色花朵的梅樹枝上，用來自縊的帶子的結尾和她的長髮交織在一起在空中飄盪，她顯得比平常更爲苗條。」林爲了替他的老師購買從西域運來的一罐又一罐紫色顏料，耗盡了家產，然後師徒兩人開始了飄泊流浪的生涯。林沿門乞食來供奉師傅，他「背著一個裝滿了畫稿的口袋，躬腰曲背，必恭必敬，好像他背上負著的就是整個蒼穹，因爲在他看來，這只口袋裏裝滿了白雪皚皚的山峰、春水滔滔的江河和月光皎皎的夏夜。」後來，他們被天子的士兵抓到了宮殿之上，尤瑟納爾的故事繼續著不可思議的旅程，這位漢王朝的天子從小被幽閉在庭院之中，在掛滿王佛畫作的屋子裏長大，然後他發現人世間的景色遠遠不如王佛畫中的景色，他憤怒地對王佛說：「漢王國並不是所有王國中最美的國家，孤也並非至高無上的皇帝。最值得統治的帝國只有一個，那就是你王老頭通過成千的曲線和上萬的顏色所進入的王國。只有你悠然自得地統治著那些覆蓋著皚皚白雪終年不化的高山和那些遍地盛開著永不凋謝的水仙花的田野。」爲此，天子說：「寡人決定讓人燒瞎你的眼睛，既然你王佛的眼睛是讓你進入你的王國的兩扇神奇的大門。寡人還決定讓人砍掉你的雙手，既然你王佛的兩隻手是領你到達你那王國的心臟的、有著十條岔路的兩條大道。」王佛的弟子林一聽完皇帝的判決，就從腰間拔出一把缺了口的刀子撲向皇帝，於是林命運的結局是被士兵砍下了腦袋。接下去，皇帝令王佛將他過去的一幅半成品畫完，當兩個太監把王佛勾有大海和藍天形象、尚未畫完的畫稿拿出來後，王佛微笑了，「因爲這小小的畫稿使他想起了自己的青春」，裏面清新的意境是他後來再也無法企及的。王佛在那未畫完的大海上抹上了大片大片代表海水的藍顏色，又在海面補上一些小小的波紋，加深了大海的寧靜感。這時候奇怪的事出現了，宮廷玉石的地面潮濕了起來，然後海水湧上來了，「朝臣們在深齊肩頭的大水中懾於禮儀不敢動彈……最後大水終於漲到了皇帝的心口。」一葉扁舟在王佛的筆下逐漸變大，接著遠處傳來了有節奏的盪槳聲，來到近前，王佛看到弟子林站在船上，林將師傅扶上了船，對師傅說：「大海眞美，海風和煦，海鳥正在築巢。師傅，我們動身吧！到大海彼岸的那個地方去。」於是王佛掌舵，林俯身划槳。槳聲響徹大殿，小船漸漸遠去。殿堂上的潮水也退走了，大臣們的朝服全都乾了，只有皇帝大衣的流蘇上還留著幾朵浪花。王佛完成的那幅畫靠著帷幔放在那裏，一隻小船佔去了整個近景，逐漸遠去後，消失在畫中的大海深處。

尤瑟納爾在這篇令人想入非非的故事裏，有關血，也就是紅色的描述說得上是出神入化。當弟子林不想讓自己被殺時流出的血弄髒王佛的袍子，縱身一跳後，一個衛兵舉起了大刀，林的腦袋從他的脖子上掉了下來，這時尤瑟納爾寫道：「就好像一朵斷了枝的鮮花。」王佛雖然悲痛欲絕，尤瑟納爾卻讓他情不自禁地欣賞起留在綠石地面上的「美麗的猩紅的血跡來了」。尤瑟納爾的描述如同康定斯基對紅色所下的斷言，「一種冷酷燃燒著的激情」。此刻，有關血的描述並沒有結束。當王佛站在大殿之上，完成他年輕時的傑作時，林站在了王佛逐漸畫出來的船上，林在王佛的畫中起死回生是尤瑟納爾的神來之筆，最重要的是尤瑟納爾在林的脖子和腦袋分離後重新組合時增加的道具，她這樣寫：「他的脖子上卻圍著一條奇怪的紅色圍巾。」這令人讚歎的一筆使林的復活驚心動魄，也是林的生前和死後復生之間出現了差異，於是敍述更加有力和合理。同時，這也是尤瑟納爾敍述中紅色的變奏，而且是進入高潮段落之後的變奏。如同美麗的音符正在飄逝，當王佛和林的小船在畫中的海面上遠去、當人們已經不能辨認這師徒兩人的面目時，人們卻仍然可以看清林脖子上的紅色圍巾，變奏最後一次出現時成爲了優美無比的抒情。這一次，尤瑟納爾讓那象徵著血跡的紅色圍巾與王佛的鬍鬚飄拂到了一起。

或許是贊同歌德所說的「紅色把所有其他的顏色都統一在自身之中」，紅色成爲很多作家敍述時樂意表達的色彩。我們來看看馬拉美是如何恭維女士的，他在給女友梅麗的一首詩中寫道：「冷艷玫瑰生機盎然／千枝一色芳姿翩翩。」千枝一色的女性的形象是多麼燦爛，而馬拉美又給予了她冷艷的基調，使她成爲「冷酷燃燒著的激情」。他的另一首詩更爲徹底，當然他獻給了另一位女士，他寫道：「每朵花夢想著雅麗絲夫人／會嗅到它們花盅的幽芳。」沒有比這樣的恭維更能打動女性的芳心了，這是「千枝一色」都無法相比的。將女性比喻成鮮花已經是殷勤之詞，而讓每一朵鮮花都去夢想著某一位女性，這樣的敍述還不令人陶醉？馬拉美似乎證實了一個道理，一個男人一旦精通了色彩，那麼無論是寫作還是調情，都將會所向披靡。

一九九九年五月十二日

編註：

1. 里姆斯基-科薩柯夫Nikolai Andreevich Rimsky-Korsakov，台譯：李姆斯基-高沙可夫。
2. 斯克里亞賓Alexander Nikolayevich Skryabin，台譯：史克里亞賓。
3. 拉赫瑪尼諾夫Sergei Vassilievich Rakhmaninov，台譯：拉赫曼尼諾夫。
4. 《薩特闊》Sadko，台譯：《薩德柯》。
5. 薩蒂Erik Satie，台譯：薩提。
6. 德彪西Claude Achille Debussy，台譯：德布西。
7. 莫奈Claude Monet，台譯：莫內。
8. 土魯斯-勞特累克Henri de Toulouse-Lautrec，台譯：羅特列克。
9. 凡高Vincent Van Gogh，台譯：梵谷。
10. 尤瑟納爾Marguerite Youcenar，台譯：尤瑟娜。

字與音

博爾赫斯在但丁的詩句裏聽到了聲音，他舉例〈地獄篇〉第五唱中的最後一句——「倒下了，就像死去的軀體倒下。」博爾赫斯說：「爲什麼令人難忘？就因爲它有『倒下』的迴響。」他感到但丁寫出了自己的想像。出於類似的原因，博爾赫斯認爲自己發現了但丁的力度和但丁的精美，關於精美他補充道：「我們總是只關注佛羅倫薩詩人的陰冷與嚴謹，卻忘了作品所賦予的美感、愉悅和溫柔。」

「就像死去的軀體倒下」，在但丁這個比喻中，倒下的聲音是從敍述中傳達出來的。如果換成這樣的句式——「倒下了，撲通一聲。」顯然，這裏的聲音是從詞語裏發出的。上述例子表明了博爾赫斯所關注的是敍述的特徵，而不是詞語的含義。爲此他敏感地意識到詩人陰冷和嚴謹的風格與敍述裏不斷波動的美感、愉悅和溫柔其實是相對稱的。

如果想在閱讀中獲得更多的聲響，那麼荷馬史詩比《神曲》更容易使我們滿足。當「人丁之多就像春天的樹葉和鮮花」的阿開亞人鋪開他們的軍隊時，又像「不同部族的蒼蠅，成群結隊地飛旋在羊圈周圍。」在《伊利亞特》❶裏，僅僅爲了表明統率船隊的首領和海船的數目，荷馬就動用了三百多行詩句。猶如一場席捲而來的風暴，荷馬史詩鋪天蓋地般的風格幾乎容納了世上所能發出的所有聲響，然而在衆聲喧嘩的場景後面，敘述卻是在寧靜地展開。當這些渴望流血犧牲的希臘人的祖先來到道路上時，荷馬的詩句如同巴赫的旋律一樣優美、清晰和通俗。

兵勇們急速行進，穿越平原，腳下
掀捲起一股股濃密的泥塵，密得
就像南風刮來彌罩峰巒的濃霧——

與但丁著名的詩句幾乎一致，這裏面發出的聲響不是來自詞語，而是來自敘述。荷馬的敍述讓我們在想像中聽到這些阿開亞兵勇的腳步。這些像沙子鋪滿了海灘一樣鋪滿了道路的兵勇，我可以保證他們的腳會將大地踩得轟然作響，因爲捲起的泥塵像濃霧似的遮住了峰巒。關於濃霧，荷馬還不失時機地加上了幽默的一筆：「它不是牧人的朋友，但對小偷，卻比黑夜還要寶貴。」

在《歌德談話錄》裏，也出現過類似的例子。歌德在回憶他的前輩詩人克洛普斯托克時，對愛克曼說：「我想起他的一首頌體詩描寫德國女詩神和英國女詩神賽跑。兩位姑娘賽跑時，甩開雙腿，踢得塵土飛揚。」在歌德眼中，克洛普斯托克是屬於那種「出現時是走在時代前面的，他們彷彿不得不拖著時代走，但是現在時代把他們拋到後面去了。」我無緣讀到克洛普斯托克那首描寫女詩神賽跑的詩，從歌德的評價來看，這可能是一首滑稽可笑的詩作。歌德認爲克洛普斯托克的錯誤是「眼睛並沒有盯住活的事物」。

同樣的情景在荷馬和克洛普斯托克那裏會出現不同的命運，我想這樣的不同並不是出自詞語，而是荷馬的敍述和克洛普斯托克的敍述絕然不同。因爲詞語是人們共有的體驗和想像，而敍述才是個人的體驗和想像。萊辛說：「假如上帝把眞理交給我，我會謝絕這份禮物，我寧願自己費力去把它尋找到。」我的理解是上帝樂意給予萊辛的眞理不過是詞語，而萊辛自己費力找到的眞理才是他能夠產生力量的敍述。

在瞭解到詩人如何通過敍述表達出語言的聲音後，我想談一談音樂家又是如何通過語言來表達他們對聲音的感受。我沒有遲疑就選擇了李斯特，一方面是因爲他的文字作品精美和豐富，另一方面是因爲他的博學多識。在〈以色列人〉一文中，李斯特描述了他和幾個朋友去參加維也納猶太教堂的禮拜儀式，他們聆聽了由蘇爾澤領唱的歌詠班的演唱，事後李斯特寫道：

那天晚上，教堂裏點燃了上千支蠟燭，宛若寥寥天空中的點點繁星。在燭光下，壓抑、沉重的歌聲組成的奇特合唱在四周迴響。他們每個人的胸膛就像一座地牢，從它的深處，一個不可思議的生靈奮力掙脫出來，在悲傷苦痛中去讚美聖約之神，在堅定的信仰中向他呼喚。總有一天，聖約之神會把他們從這無期的監禁中，把他們從這個令人厭惡的地方，把他們從這個奇特的地方，把他們從這新的巴比倫——最齷齪的地方解救出來；從而把他們在無可比擬的榮譽中重新結合在自己的國土上，令其他民族在她面前嚇得發抖。

由語言完成的這一段敍述應該視爲音樂敍述的延伸，而不是單純的解釋。李斯特精確的描寫和令人吃驚的比喻顯示了他精通語言敍述的才華，而他眞正的身份，一個音樂家的身份又爲他把握了聲音的出發和方向。從「他們每個人的胸膛就像一座地牢」開始，一直伸展到「在無可比擬的榮譽中重新結合在自己的國土上」，李斯特將蘇爾澤他們的演唱視爲一個民族歷史的敍述，過去和正在經歷中的沉重和苦難，還有未來有可能獲得的榮譽。李斯特聽出了那些由音符和旋律組成的豐富情感和壓抑激情，還有五彩繽紛的夢幻。「揭示出一團燃燒著的火焰正放射著光輝，而他們通常將這團熾熱的火焰用灰燼小心謹愼地遮掩著，使我們看來它似乎是冷冰冰的。」可以這麼說，猶太人的音樂藝術給予李斯特的僅僅是方向，而他的語言敘述正是爲了給這樣的方向鋪出了一條清晰可見的道路。

也許是因爲像李斯特這樣的音樂家有著奇異的駕馭語言的能力，使我有過這樣的想法：從莫札特以來的很多歌劇作曲家爲什麼要不斷剝奪詩人的權利？有一段時間我懷疑他們可能是出於權力的欲望，當然現在不這樣想了。我曾經有過的懷疑是從他們的書信和文字作品裏產生的，他們留下的語言作品中有一點十分明顯，那就是他們很關注誰是歌劇的主宰。詩人曾經是，而且歌唱演員也一度主宰過歌劇。爲此，才有了莫札特那個著名的論斷，他說詩應該是音樂順從的女兒。他引證這樣的事實：好的音樂可以使人們忘掉最壞的歌詞，而相反的例證一個都找不到。

《莫札特傳》的作者奧・揚恩解釋了莫札特的話，他認爲與其他藝術相比，音樂能夠更直接和更強烈地侵襲和完全佔領人們的感官，這時候詩句中由語言產生的印象只能爲之讓路，而且音樂是通過聽覺來到，是以一種看來不能解釋的途徑直接影響人們的幻想和情感，這種感動的力量在傾刻間超過了詩的語言的感動。奧地利詩人格里爾帕策進一步說：「如果音樂在歌劇中的作用，只是把詩人已表達的東西再表達一遍，那我就不需要音樂……旋律啊！你不需要詞句概念的解釋，你直接來自天上，通過人的心靈，又回到了天上。」

有趣的是奧．揚恩和格里爾帕策都不是作曲家，他們的世界是語言藝術的世界，可是他們和那些歌劇作曲家一個鼻孔出氣。下面我要引用兩位音樂家的話，第一位是德國小提琴家和作曲家摩．霍普特曼，他在給奧．揚恩的信中批評了格魯克。眾所周知，格魯克樹立了與莫札特絕然不同的歌劇風格，當有人責備莫札特不尊重歌詞時，格魯克就會受到讚揚。因此，在摩．霍普特曼眼中，格魯克一直有著要求忠實的意圖，但不是音樂的忠實，只是詞句的忠實；對詞句的忠實常常會帶來對音樂的不忠實。摩．霍普特曼在信上說：「詞句可以簡要地說完，而音樂卻是繞樑不絕。音樂永遠是母音，詞句只是輔音，重點只能永遠放在母音上，放在正音，而不是放在輔音上。」另一位是英國作曲家亨利．普賽爾，普賽爾是都鐸王朝時期將英國音樂推到顯赫地位的最後一位作曲家，他死後英國的音樂差不多沉寂了二百年。普賽爾留下了一段漂亮的排比句，在這一段句子裏，他首先讓詩踩在了散文的肩膀上，然後再讓音樂踩到了詩的肩上。他說：「像詩是辭彙的和聲一樣，音樂是音符的和聲；像詩是散文和演說的昇華一樣，音樂是詩的昇華。」

促使我有了現在的想法是門德爾松，有一天我讀到了他寫給馬克-安德烈·索凱的信，他在信上說：「人們常常抱怨說，音樂太含混模糊，耳邊聽著音樂腦子卻不清楚該想些什麼；反之，語言是人人都能理解的。但對於我，情況卻恰恰相反，不僅是就一段完整的談話而言，即便是片言隻語也是這樣。語言，在我看來，是含混的、模糊的、容易誤解的；而眞正的音樂卻能將千百種美好的事物灌注心田，勝過語言。那些我所喜愛的音樂向我表述的思想，不是因爲太含糊而不能訴諸語言，相反，是因爲太明確而不能化爲語言。並且，我發現，試圖以文字表述這些思想，會有正確的地方，但同時在所有的文字中，它們又不可能加以正確地表達……」

門德爾松向我們展示了一個音樂家的思維是如何起飛和降落的，他明確告訴我們：在語言的跑道上他既不能起飛，也無法降落。爲此，他進一步說：「如果你問我，我落筆的時候，腦海裏在想些什麼。我會說，就是歌曲本身。如果我腦海裏偶然出現了某些詞句，可以做爲這些歌曲中某一首的歌詞，我也絕不想告訴任何人。因爲同樣的詞語對於不同的人來說意義是不同的。只有歌曲才能說出同樣的東西，才能在這個人或另一個人心中喚起同樣的情感，而這一情感，對於不同的人，是不能用同樣的語言文字來表述的。」

雖然那些歌劇作曲家權力欲望的嫌疑仍然存在——我指的就是他們對詩人作用的貶低，但是這已經不重要了。以我多年來和語言文字打交道的經驗，我可以證實門德爾松的「同樣的詞語對於不同的人來說意義是不同的」這句話，這是因爲同樣的詞語在不同的人那裏所構成的敍述也不同。同時我也認爲同樣的情感對於不同的人，「是不能用同樣的語言文字來表述的」。至於如何對待音樂明確的特性，我告訴自己應該相信門德爾松的話。人們之所以相信權威是因爲他們覺得自己是外行，我也不會例外。

我眞正要說的是，門德爾松的信件清楚地表達了一個音樂家在落筆的時候在尋找什麼，他要尋找的是完全屬於個人的體驗和想像，而不是人們共有的體驗和想像。即便是使音樂隸屬到詩歌麾下的格魯克，他說歌劇只不過是提高了的朗誦，可是當他沉浸到音樂創作的實踐中時，他的音樂天性也是時常突破詩句的限制。事實上，門德爾松的尋找，也是荷馬和但丁落筆的時候要尋找的。也就是說，他們要尋找的不是音符，也不是詞語，而是由音符或者詞語組成的敍述，然後就像普賽爾所說的和聲那樣，讓不同高度的樂音同時發聲，或者讓不同意義的詞語同時出場。門德爾松之所以會感到語言是含混、模糊和容易誤解，那是因爲構成他敍述的不是詞語，而是音符。因此，對門德爾松的圍困在荷馬和但丁這裏恰恰成爲了解放。

字與音，或者說詩與音樂，雖然像漢斯立克所說的好比一個立憲政體，「永遠有兩個對等勢力在競爭著」；然而它們也像西塞羅讚美中的獵人和拳鬥士，有著完全不同的然而卻是十分相似的強大。西塞羅說：「獵人能在雪地裏過夜，能忍受山上的烈日。拳鬥士被鐵皮手套擊中時，連哼都不哼一聲。」

一九九九年九月五日

編註：

1. 《伊利亞特》Iliad，台譯：《伊里亞德》。

音樂影響了我的寫作

二十多年前，有那麼一、兩個星期的時間，我突然迷上了作曲。那時候我還是一名初中的學生，正在經歷著一生中最快樂的時光，我記得自己當時怎麼也分不清上課和下課的鈴聲，經常是在下課鈴響時去教室上課了，與蜂湧而出的同學們迎面相撞，我才知道又弄錯了。那時候我喜歡將課本捲起來，插滿身上所有的口袋，時間一久，我所有的課本都失去了課本的形象，像茶葉罐似的，一旦掉到地上就會滾動起來。我的另一個傑作是，我把我所有的鞋都當成了拖鞋，我從不將鞋的後幫拉出來，而是踩著它走路，讓它發出那種只有拖鞋才會有的漫不經心的聲響。接下去，我欣喜地發現我的惡習在男同學中間蔚然成風，他們的課本也變圓了，他們的鞋後幫也被踩了下去。

這大概是一九七四年，或者一九七五年時期的事，文革進入了後期，生活在越來越深的壓抑和平庸裏，一成不變地繼續著。我在上數學課的時候去打籃球，上化學或者物理課時在操場上遊蕩，無拘無束。然而課堂讓我感到厭倦之後，我又開始厭倦自己的自由了，我感到了無聊，我愁眉苦臉，不知道如何打發日子。這時候我發現了音樂，準確的說法是我發現了簡譜，於是在像數學課一樣無聊的音樂課裏，我獲得了生活的樂趣，激情回來了，我開始作曲了。

應該說，我並不是被音樂迷住了，我在音樂課上學唱的都是我已經聽了十來年的歌，從《東方紅》到革命現代京劇，我熟悉了那些旋律裏的每一個角落，我甚至都能夠看見裏面的灰塵和陽光照耀著的情景，它們不會吸引我，只會讓我感到頭疼。可是有一天，我突然被簡譜控制住了，彷彿裏面伸出來了一隻手，緊緊抓住了我的目光。

當然，這是在上音樂課的時候，音樂老師在黑板前彈奏著風琴，這是一位儒雅的男子，有著圓潤的嗓音，不過他的嗓音從來不敢涉足高音區，每到那時候他就會將風琴的高音彈奏得非常響亮，以此矇混過關。其實沒有幾個學生會去注意他，音樂課也和其他的課一樣，整個教室就像是廟會似的，有學生在進進出出，另外一些學生不是坐在桌子上，就是背對著黑板與後排的同學聊天。就是在這樣的情景裏面，我被簡譜迷住了，而不是被音樂迷住。

我不知道是出於什麼原因，可能是我對它們一無所知。不像我翻開那些語文、數學的課本，我有能力去讀懂裏面正在說些什麼。可是那些簡譜，我根本不知道它們在幹什麼，我只知道我所熟悉的那些歌一旦印刷下來就是這副模樣，稀奇古怪地躺在紙上，暗暗講述著聲音的故事。無知構成了神秘，然後成爲了召喚，我確實被深深地吸引了，而且勾引出了我創作的欲望。

我絲毫沒有去學習這些簡譜的想法，直接就是利用它們的形狀開始了我的音樂寫作，這肯定是我一生裏唯一的一次音樂寫作。我記得我曾經將魯迅的〈狂人日記〉譜寫成音樂，我的做法是先將魯迅的作品抄寫在一本新的作業簿上，然後將簡譜裏的各種音符胡亂寫在上面，我差不多寫下了這個世界上最長的一首歌，而且是一首無人能夠演奏、也無人有幸聆聽的歌。這項工程消耗了我幾天的熱情，接下去我又將語文課本裏其他的一些內容也打發進了音樂的簡譜，我在那個時期的巔峰之作是將數學方程式和化學反應也都譜寫成了歌曲。然後，那本作業簿寫滿了，我也寫累了。這時候我對音樂的簡譜仍然是一無所知，雖然我已經暗暗擁有了整整一本作業簿的音樂作品，而且爲此自豪，可是我對著音樂的方向沒有跨出半步，我不知道自己胡亂寫上去的樂譜會出現什麼樣的聲音，只是覺得看上去很像是一首歌，我就完全心滿意足了。不久之後，那位嗓音圓潤的音樂老師因爲和一個女學生有了性的交往，離開學校去了監獄，於是音樂課沒有了。

此後，差不多有十八年的時間，我不再關心音樂，只是偶爾在街頭站立一會，聽上一段正在流行的歌曲，或者是經過某個舞廳時，順便聽聽裏面的舞曲。一九八三年，我開始了第二次的創作，當然這一次沒有使用簡譜，而是語言，我像一個作家那樣地寫作了，然後像一個作家那樣地發表和出版自己的寫作，並且以此爲生。

又是很多年過去了，李章要我爲《音樂愛好者》寫一篇文章，他要求我今天，也就是十一月三十日將文章傳眞給他，可是我今天才坐到寫字桌前，現在我已經坐了有四個多小時了，前面的兩個小時裏打了兩個電話，看了幾眼電視，又到外面的籃球場上去跑了十圈，然後心想時間正在流逝，一寸光陰一寸金，必須寫了。

我的寫作還在繼續，接下去我要寫的開始和這篇文章的題目有點關係了。我經常感到生活在不斷暗示我，它向我使眼色，讓我走向某一個方向，我在生活中是一個沒有主見的人，所以每次我都跟著它走了。在我十五歲的時候，音樂以簡譜的方式迷惑了我，到我三十三歲那一年，音樂眞的來到了。

我心想：是生活給了我音樂。生活首先要求我給自己買一套音響，那是在一九九三年的冬天，有一天我發現自己缺少一套音響，隨後我感到應該有，幾天以後，我就將自己組合的音響搬回家，那是由美國的音箱和英國的共放以及飛利浦的CD機組織起來的，卡座是日本的，這套像聯合國維和部隊的音響就這樣進駐了我的生活。

接著，CD唱片源源不斷地來到了，在短短半年的時間裏，我買進了差不多有四百張的ＣＤ。我的朋友朱偉是我購買ＣＤ的指導老師，那時候他剛離開《人民文學》，去三聯書店主編《愛樂》雜誌，他幾乎熟悉北京所有的唱片商店，而且精通唱片的品質。我最早買下的二十來張ＣＤ就是他的作爲，那是在北新橋的一家唱片店，他沿著櫃檯走過去，查看著版本不同的ＣＤ，我跟在他的身後，他不斷地從櫃子上抽出ＣＤ遞給我，走了一圈後，他回頭看看我手裏捧著的一堆ＣＤ，問我：「今天差不多了吧？」我說：「差不多了。」然後，我就去付了錢。

我沒有想到自己會如此迅猛地熱愛上了音樂，本來我只是想附庸風雅，讓音響出現在我的生活中，然後在朋友們談論馬勒的時候，我也可以湊上去議論一下蕭邦，或者用那些模稜兩可的詞語說上幾句卡拉揚。然而音樂一下子就讓我感受到了愛的力量，像熾熱的陽光和涼爽的月光，或者像暴風雨似的來到了我的內心，我再一次發現人的內心其實總是敞開著的，如同敞開的土地，願意接受陽光和月光的照耀，願意接受風雪的降臨，接受一切所能抵達的事物，讓它們都滲透進來，而且消化它們。

我那維和部隊式的音響最先接待的客人，是由古爾德❶演奏的巴赫的《英國組曲》，然後是魯賓斯坦演奏的蕭邦的《夜曲》，接下來是交響樂了，我聽了貝多芬、莫札特、勃拉姆斯、柴可夫斯基、海頓和馬勒之後，我突然發現了一個我以前不知道的人——布魯克納，這是卡拉揚指揮柏林愛樂演奏的第七交響樂，我後來想起來是那天朱偉在北新橋的唱片店拿給我的，當時我手裏拿了一堆的CD，我根本不知道有這麼一張，結果布魯克納突然出現了，史詩般敍述中巨大的弦樂深深感動了我，尤其是第二樂章，使用了瓦格納大號樂句的那個樂章，我聽到了莊嚴緩慢的內心的力量，聽到了一個時代倒下去的聲音。布魯克納在寫作這一樂章的時候，瓦格納去世了。我可以想像當時的布魯克納正在經歷著什麼，就像那個時代的音樂正在經歷的一樣，爲失去了瓦格納而百感交集。

然後我發現了巴爾托克，發現了還有旋律如此豐富、節奏如此迷人的絃樂四重奏，匈牙利美妙的民歌在他的絃樂四重奏裏跳躍地出現，又跳躍地消失，時常以半個樂句的方式完成其使命，民歌在最現代的旋律裏欲言又止，激動人心。巴爾托克之後，我認識了梅西安，那是在西單的一家小小的唱片店裏，是一個年紀比我大、我們都叫他小魏的人拿給了我，他給了我《圖倫加利拉交響曲》❷，他是從裏面拿出來的，告訴我這個叫梅西安的法國人有多棒，我懷疑地看著他，沒有買下。過了一些日子我再去小魏的唱片店時，他再次從裏面拿出了梅西安。就這樣，我聆聽並且擁有了《圖倫加利拉交響曲》，這部將破壞和創造、死亡和生命，還有愛情熔於一爐的作品讓我渾身發抖，直到現在我只要想起來這部作品，仍然會有激動的感覺。不久之後，波蘭人希曼諾夫斯基❸給我帶來了《聖母悼歌》❹，我的激動再次被拉長了。有時候，我彷彿會看到一九〇五年的柏林，希曼諾夫斯基與另外三個波蘭人組建了「波蘭青年音樂協會」，這可能是世界上最小的協會，在貧窮和傷心的異國他鄉，音樂成爲了壁爐裏的火焰，溫暖著他們。

音樂的歷史深不可測，如同無邊無際的深淵，只有去聆聽，才能知道它的豐厚，才會意識到它的邊界是不存在的。在那些已經家喻戶曉的作者和作品的後面，存在著星空一樣浩瀚的旋律和節奏，等待著我們去和它們相遇，讓我們意識到在那些最響亮的名字的後面，還有一些害羞的和傷感的名字，這些名字所代表的音樂同樣經久不衰。

然後，音樂開始影響我的寫作了，確切的說法是我注意到了音樂的敍述，我開始思考巴爾托克的方法和梅西安的方法，在他們的作品裏，我可以更爲直接地去理解藝術的民間性和現代性，接著一路向前，抵達時間的深處，路過貝多芬和莫札特，路過亨德爾和蒙特威爾第，來到了巴赫的門口。從巴赫開始，我的理解又走了回來。然後就會意識到巴爾托克和梅西安獨特品質的歷史來源，事實上從巴赫就已經開始了，這位巴洛克時代的管風琴大師其實就是一位遊吟詩人，他來往於宮庭、教堂和鄉間，於是他的內心逐漸地和生活一樣寬廣，他的寫作指向了音樂深處，其實也就指向了過去、現在和未來。如何區分一位藝術家身上皆而有之的民間性和現代性，在巴赫的時候就已經不可能，兩百年之後在巴爾托克和梅西安那裏，區分的不可能得到了繼承，並且傳遞下去。儘管後來的知識分子虛構了這樣的區分，他們像心臟外科醫生一樣的實在，需要區分左心室和右心室，區分肺動脈和主動脈，區分肌肉縱橫間的分佈，從而使他們在手術臺上不會迷失方向。可是音樂是內心創造的，不是心臟創造的，內心的寬廣是無法解釋的，它由來已久的使命就是創造，不斷地創造，讓一個事物擁有無數的品質，只要一種品質流失，所有的品質都會消亡，因為所有的品質其實只有一種。

這是巴赫給予我的教誨。我要感謝門德爾松，一八二九年他在柏林那次偉大的指揮，使《馬太受難曲》終於得到了它應得的榮耀。多少年過去了，巴赫仍然生機勃勃，他成為了巴洛克時代的驕傲，也成為了所有時代的驕傲。我無幸聆聽門德爾松的詮釋，我相信那是最好的。我第一次聽到的《馬太受難曲》，是加德納的詮釋，加德納與蒙特威爾第合唱團的巴赫也足以將我震撼。我明白了敍述的豐富在走向極致以後其實無比單純，就像這首偉大的受難曲，將近三個小時的長度，卻只有一兩首歌曲的旋律，寧靜、輝煌、痛苦和歡樂地重複著這幾行單純的旋律，彷彿只用了一個短篇小說的結構和篇幅表達了文學中最綿延不絕的主題。一八四三年，柏遼茲在柏林聽到了它，後來他這樣寫道：

每個人都在用眼睛跟蹤歌本上的詞句，大廳裏鴉雀無聲，沒有一點聲音，既沒有表示讚賞，也沒有指責的聲音，更沒有鼓掌喝彩，人們彷彿是在教堂裏傾聽福音歌，不是在默默地聽音樂，而是在參加一次禮拜儀式。人們崇拜巴赫，信仰他，毫不懷疑他的神聖性。

我的不幸是我無法用眼睛去跟蹤歌本上的詞句，我不明白蒙特威爾第合唱團正在唱些什麼，我只能去傾聽旋律和節奏的延伸，這樣反而讓我更爲仔細地去關注音樂的敍述，然後我相信自己聽到了我們這個世界上最爲美妙的敍述。在此之前，我曾經在《聖經》裏讀到過這樣的敍述，此後是巴赫的《平均律》和這一首《馬太受難曲》。我明白了柏遼茲爲什麼會這樣說：「巴赫就像巴赫，正像上帝就像上帝一樣。」

此後不久，我又在蕭斯塔科維奇的《第七交響曲》第一樂章裏聽到了敍述中「輕」的力量，那個著名的侵略插部，侵略者的腳步在小鼓中以一七五次的重複壓迫著我的內心，音樂在恐怖和反抗、絕望和戰爭、壓抑和釋放中越來越沉重，也越來越巨大和懾人感官。我第一次聆聽的時候，不斷地問自己：怎麼結束？怎麼來結束這個力量無窮的音樂插部？最後的時刻我被震撼了，蕭斯塔科維奇讓一個尖銳的抒情小調結束了這個巨大可怕的插部。那一小段抒情的弦樂輕輕地飄向了空曠之中，這是我聽到過的最有力量的敍述。後來，我注意到在柴可夫斯基，在布魯克納，在勃拉姆斯的交響樂中，也在其他更多的交響樂中「輕」的力量，也就是小段的抒情有能力覆蓋任何巨大的旋律和激昂的節奏。其實文學的敍述也同樣如此，在跌宕恢弘的篇章後面，短暫和安詳的敍述將會出現更加有力的震撼。

有時候，我會突然懷念起自己十五歲時的作品，那些寫滿了一本作業簿的混亂的簡譜，我不知道什麼時候丟掉了它，它的消失會讓我偶爾喚起一些傷感。我在過去的生活中失去了很多，是因爲我不知道失去的重要，我心想在今後的生活裏仍會如此。如果那本作業簿還存在的話，我希望有一天能夠獲得演奏，那將是什麼樣的聲音？胡亂的節拍、隨心所欲的音符，最高音和最低音就在一起，而且不會有過渡，就像山峰沒有坡度就直接進入峽谷一樣。我可能將這個世界上最沒有理由在一起的音節安排到了一起，如果演奏出來，我相信那將是最令人不安的聲音。

一九九八年十二月二日

編註：

1. 古爾德Glenn Gould，台譯：顧爾德。
2. 《圖倫加利拉交響曲》Turangalila Symphonie，台譯：《圖蘭加里拉交響曲》。
3. 希曼諾夫斯基Karol Szymanowski，台譯：許瑪諾夫斯基。
4. 《聖母悼歌》Stabat mater，台譯：《聖母哀歌》。

消失的意義

臺北出版的《攝影家》雜誌，第十七期以全部的篇幅介紹了一個叫方大曾的陌生的名字。裏面選登的五十八幅作品和不多的介紹文字吸引了我，使我迅速地熟悉了這個名字。我想，一方面是因爲這個名字裏隱藏著一位攝影家令人吃驚的才華，另一方面這個名字也隱藏了一個英俊健康的年輕人短暫和神秘的一生。馬賽爾・普魯斯特說：「我們把不可知給了名字。」我的理解是，一個人名或者是一個地名都在暗示著廣闊和豐富的經歷，他們就像《一千零一夜》中四十大盜的寶庫之門，一旦能夠走入這個名字所代表的經歷，那麼就如打開了寶庫之門一樣，所要一切就會近在眼前。

一九一二年出生的方大曾，在北平市立第一中學畢業後，一九三〇年考入北平中法大學經濟系。他的妹妹方澄敏後來寫道：「他喜歡旅行、寫稿和照相。『九一八』以後從事抗戰救亡活動。綏遠抗戰時他到前線採訪，活躍於長城內外。一九三七年蘆溝橋事變後爲『中外新聞學社』及『全民通訊社』攝影記者及《大公報》戰地特派員到前方採訪。」三十年代的熱血青年都有著或多或少的左翼傾向，方大曾也同樣如此，他的革命道路「從不滿現實、閱讀進步書刊到參加黨的周邊組織的一些秘密活動。」他的父親當時供職於外交部，不錯的家境和父母開明的態度使他保持了攝影的愛好，這在那個時代是十分奢侈的愛好。他與一台摺疊式相機相依爲命，走過了很多硝煙彌漫的戰場，也走過了很多城市或者鄉村的生活場景，走過了蒙古草原和青藏高原。這使他擁有了很多同齡青年所沒有的人生經歷。抗戰爆發後，他的行走路線就被長城內外一個接著一個的戰場確定了下來，這期間他發表了很多攝影作品，同時他也寫下了很多有關戰爭的通訊。當時他已經是一個專門報導愛國救亡事跡的著名記者了。然而隨著他很快地失踪，再加上刊登他作品的報刊又很快地消失，他的才華和他的經歷都成了如煙的往事。在半個世紀以後出版的《中國攝影史》裏，有關他的篇幅只有一百多字。不過這一百多字的篇幅，成爲了今天對那個遙遠時代的藕斷絲連的記憶。方大曾爲世人所知的最後的行走路線，是一九三七年七月在保定。七月二十八日，他和兩位同行出發到蘆溝橋前線，三十日他們返回保定，當天下午保定遭受敵機轟炸，孫連仲部隊連續開赴前線，接替二十九軍防線，他的同行當天晚上離開保定搭車回南方，方大曾獨自一人留了下來。他留在保定是爲了活著，爲了繼續攝影和寫稿，可是得到的卻是消失的命運。

在方澄敏長達半個多世紀的記憶裏，方大曾的形象幾乎是純潔無瑕，他二十五歲時的突然消失，使他天真、熱情和正直的個性沒有去經受歲月更多更殘忍的考驗。而經歷了將近一個世紀動盪的方澄敏，年屆八十再度回憶自己的哥哥時不由百感交集。這裏面蘊含著持久不變的一個妹妹的崇敬和自豪，以及一種少女般的對一個英俊和才華橫溢的青年男子的憧憬，還有一個老人對一個單純的年輕人的摯愛之情，方澄敏的記憶將這三者融爲一體。

方大曾在失踪前的兩年時間裏，拍攝了大量的作品，過多的野外工作使他沒有時間待在暗房裏，於是暗房的工作就落到了妹妹方澄敏的手上。正是因爲方澄敏介入了方大曾的工作，於是在方大曾消失之後，他的大量作品完好無損地活了下來。方澄敏如同珍藏著對哥哥的記憶一樣，珍藏著方大曾失蹤前留下的全部底片。在經歷了抗日戰爭、國內戰爭、全國解放、大躍進和文化大革命的種種動盪和磨難之後，方澄敏從一位端莊美麗的少女經歷到了一位白髮蒼蒼的老人，而方大曾的作品在妹妹的保護下仍然年輕和生機勃勃。與時代健忘的記憶絕然不同的是，方澄敏有關哥哥的個人記憶經久不衰，它不會因爲方大曾的消失和刊登過他作品的報刊的消失而衰落。方大曾在方澄敏的心中深深地紮下了根，而且像樹根一樣隨著時間的推移會越紮越深。對方澄敏來說，這已經不再是一個哥哥的形象，差不多是一個凝聚了所有男性魅力的形象。

《攝影家》雜誌所刊登的方大曾的五十八幅作品，只是方澄敏保存的約一千張一二○底片中的有限選擇。就像露出海面的一角可以使人領略海水中隱藏的冰山那樣，這五十八幅才華橫溢的作品栩栩如生地展示了一個遙遠時代的風格。激戰前寧靜的前線，一個士兵背著上了刺刀的長槍站在掩體裏；運送補給品的民伕散漫地走在高山之下；車站前移防的士兵，臉上匆忙的神色顯示了他們沒有時間去思考自己的命運；寒冷的冬天裏，一個死者的斷臂如同折斷後枯乾的樹枝，另一個活著的人正在剝去他身上的棉衣；戴著防毒面罩的化學戰；行走的軍人和站在牆邊的百姓；戰爭中的走私；示威的人群；樵夫；農夫；船夫；碼頭工人；日本妓女；軍樂隊；坐在長城上的孩子；海水中嘻笑的孩子；井底的礦工；烈日下赤身裸體的縴夫；城市裏的搬運工；集市；趕集的人和馬車；一個父親和他的五個兒子；一個母親和她沒有穿褲子的女兒；紡織女工；蒙古女子；王爺女兒的婚禮；興高采烈的西藏小喇嘛。從畫面上看，方大曾的這些作品幾乎都是以抓拍的方式來完成，可是來自鏡框的感覺又使人覺得這些作品的構圖是精心設計的。將快門按下時的瞬間感覺和構圖時的胸有成竹合二為一，這就是方大曾留給我們的不朽經歷。

方大曾的作品像是三十年代留下的一份遺囑，一份留給以後所有時代的遺囑。這些精美的畫面給今天的我們帶來了舊式的火車、早已消失了的碼頭和工廠、佈滿纜繩的帆船、荒涼的土地、舊時代的戰場和兵器，還有舊時代的生活和風尙。然而那些在一瞬間被固定到畫面中的身影、面容和眼神，卻有著持之以恒的生機勃勃。他們神色中的歡樂、痲木、安詳和激動，他們身影中的艱辛、疲憊、匆忙和悠然自得，都像他們的面容一樣爲我們所熟悉，都像今天人們的神色和身影。這些三十年代的形象和今天的形象有著奇妙的一致，彷彿他們已經從半個多世紀前的一二〇底片裏脫穎而出，從他們陳舊的服裝和陳舊的城市裏脫穎而出，成爲了今天的人們。這些在那個已經消失的時代裏留下自己瞬間形象的人，在今天可能大多已經辭世而去，就像那些已經消失了的街道和房屋，那些消失了的車站和碼頭。當一切都消失之後，方大曾的作品告訴我們，有一點始終不會消失，這就是人的神色和身影，它們正在世代相傳。

直到現在，方澄敏仍然不能完全接受哥哥已經死去的事實，她內心深處始終隱藏著一個幻想：有一天她的哥哥就像當年突然消失那樣，會突然地出現在她的面前。《攝影家》雜誌所編輯的方大曾專輯裏，第一幅照片就是白髮蒼蒼的方澄敏手裏拿著一幅方大曾的自拍像——年輕的方大曾坐在馬上，既像是出發也像是歸來。照片中的方澄敏站在門口，她期待著方大曾歸來的眼神，與其說是一個妹妹的眼神，不如說是一個祖母的眼神了。兩幅畫面重疊到一起，使遙遠的過去和活生生的現在有了可靠的連接，或者說使消失的過去逐漸地成爲了今天的存在。這似乎是人們的記憶存在時的理由，過去時代的人和事爲什麼總是陰魂不散？我想這是因爲他們一直影響著後來者的思維和生活。這樣的經歷不只是存在於方大曾和方澄敏兄妹之間。我的意思是說，無論是遭受了命運背叛的人，還是深得命運青睞的人，他們都會時刻感受著那些消失了的過去所帶來的衝擊。

湯姆·福特是另一個例子，這是一位來自美國德克薩斯州的時裝設計師，他是一個迅速成功者的典型，他在短短的幾年時間裏，使一個已經衰落了的服裝品牌——古奇，重獲輝煌。湯姆·福特顯然是另外一種形象，與方大曾將自己的才華和三十年代一起消失的命運絕然不同，湯姆·福特代表了九十年代的時尚、財富、榮耀和任性，他屬於那類向自己所處時代支取了一切的幸運兒，他年紀輕輕就應有盡有，於是對他來說幸福反而微不足道，他認為只要躺在家中的床上，讓愛犬陪著看看電視就是真正的幸福。而歷經磨難來到了生命尾聲的方澄敏，真正的幸福就是能夠看到哥哥的作品獲得出版的機會。只有這樣，方澄敏才會感受到半個多世紀前消失的方大曾歸來了。

湯姆‧福特也用同樣的方式去獲得過去的歸來，雖然他的情感和方澄敏的情感猶如天壤之別，不過他確實也這樣做了。他在接受《ＥＬＬＥ》雜誌記者訪問時，說美國婦女很性感，可是很少有令人心動的姿色，他認為原因是她們的穿著總是過於規矩和正式。湯姆‧福特接著說：「而在巴黎、羅馬或馬德里，只需看一個面容一般的婦女在頸部繫一條簡簡單單的絲巾，就能從中看出她的祖先曾穿著花邊袖口和曳地長裙。」

讓一個在今天大街上行走的婦女，以脖子上的一條簡單的絲巾描繪出她們已經消失了的祖先，以及那個充滿了花邊袖口和曳地長裙的時代。湯姆‧福特表達了他職業的才華，他將自己對服裝的理解，輕鬆地融入到了對人的理解和對歷史的理解之中。與此同時，他令人信服地指出了記憶出發時的方式，如何從某一點走向不可預測的廣闊，就像一葉見秋那樣。湯姆・福特的方式也是馬賽爾・普魯斯特的方式。《追憶似水年華》裏德・蓋爾芒特夫人的名字就像是一片可以預測秋天的樹葉。這個名字給普魯斯特帶來了七、八個迥然不同的形象，這些形象又勾起了無邊的往事。於是，一位女士的經歷和一個家族的經歷，在這個名字裏層層疊疊和色彩斑斕地生長出來。那個著名的有關小瑪德蘭點心的篇章也是同樣如此，對一塊點心的品嚐，會勾起很多散漫的記憶。普魯斯特在他那部漫長的小說裏留下了很多有趣的段落，這些段落足以說明他是如何從此刻抵達以往的經歷，其實這也是人們共同的習慣。在其中的一個段落裏，普魯斯特寫道：「只有通過鐘聲才能意識到中午的康勃雷，通過供暖裝置發出的哼聲才能意識到清早的堂西埃爾。」

馬勒爲女低音和樂隊所作的聲樂套曲《追悼亡兒之歌》❶，其追尋消失往事時的目光，顯然不是湯姆・福特和馬賽爾・普魯斯特的目光，也不是他自己在《大地之歌》中尋找過去時代和遙遠國度時的目光，馬勒在這裏的目光更像是佇立在門口的方澄敏的目光，一個失去了孩子的父親和一個失去了哥哥的妹妹時常會神色一致。這是因爲失去親人的感受和尋找往事的感受絕然不同，前者失去的是一個活生生的人，而後者想得到的只是一個形象。事實上，這一組哀婉動人的聲樂套曲，來自於一個德國詩人和一個奧地利作曲家的完美結合。首先是德國詩人呂克特的不幸經歷，他接連失去了兩個孩子，悲傷和痛苦使他寫下了一百多首哀歌。然後是馬勒的不幸，他在呂克特的詩作裏讀到了自己的旋律，於是他就將其中的五首譜寫成曲，可是作品完成後不久，他的幼女就夭折了。悲哀的馬勒將其不幸視爲自己的責任，因爲事先他寫下了孩子之死的歌曲。呂克特的哀悼成爲了馬勒的預悼，不同的寫作使詩歌和音樂結合成聲樂，同樣的不幸使兩個不同的人在這部聲樂套曲完成之後，成爲了同一個人。

只要讀一下這組套曲的五首歌名，就不難感受到裏面掙扎著哀婉的力量。「太陽再次升起在東方」、「現在我看清了火焰爲什麼這樣黯淡」、「當你親愛的母親進門來時」、「我總以爲他們出遠門去了」、「風雨飄搖的時候，我不該送孩子出門去」。是不是因爲悲傷矇住了眼睛，才能夠看清火焰的黯淡？而當太陽再次升起在東方的時候，當親愛的母親進門來的時候，亡兒又在何處？尤其是「風雨飄搖的時候，我不該送孩子出門去」，孩子生前的一次十分平常的風雨中出門，都會成爲父親一生的愧疚。曾經存在過的人和事一旦消失之後，總是這樣使人備感珍貴。馬勒和呂克特的哀歌與其說是在抒發自己的悲傷，不如說是爲了與死去的孩子繼續相遇。有時候藝術作品和記憶一樣，它們都可以使消失了的往事重新成爲切實可信的存在。

我想，這也許就是人們爲什麼如此迷戀往事的原因，因爲消失的一切都會獲得歸來的權利。在文學和音樂的敍述裏，在繪畫和攝影的鏡框裏，在生活的回憶和夢境的閃現裏，它們隨時都會突然回來。於是詩人們，尤其是詩人熱中於到消失的世界裏去尋找題材，然後在吟唱中讓它們歸來。賀拉斯寫道：

阿伽門農之前的英雄何止百千，

誰曾得到你們一掬同情之淚，
他們已深深埋進歷史的長夜。

再來讀一讀〈亞美利加洲的愛〉，聶魯達寫下了這樣的詩句：

在禮服和假髮來到這裏之前，
只有大河，滔滔滾滾的大河；
只有山嶺，其突兀的起伏之中，
飛鷹或積雪彷佛一動不動；
只有濕氣和密林，尚未有名字的
雷鳴，以及星空下的邦巴斯草原。

從古老的歐洲到不久前的美洲，賀拉斯和聶魯達表達了人們源遠流長的習慣——對傳說和記憶的留戀。賀拉斯尋找的是消失在傳說中的英雄，這比從現實中的消失更加令人不安，因爲他們連一掬同情之淚都無法得到，只能埋進歷史深深的長夜。聶魯達尋找的是記憶，是關於美洲大陸的原始的記憶。在身穿禮服和頭戴假髮的歐洲人來到美洲之前，美洲大陸曾經是那樣的生機勃勃，是自然和野性的生機勃勃。聶魯達說人就是大地，人就是顫動的泥漿和奇布卻的石頭，人就是加勒比的歌和阿勞加的矽土。而且，就是在武器的把柄上，都銘刻著大地的縮影。

人們追憶失去的親友，回想著他們的音容笑貌；或者回首自己的往事，尋找消失了的過去；還有沉浸到歷史和傳說之中，去發現今天的存在和今天的意義。我感到不幸的理由總是多於歡樂的理由，就像眼淚比笑聲更容易刻骨銘心，流血比流汗更令人難忘。於是歷史和人生爲我們總結出了兩種態度，在如何對待消失的過去時，自古以來就是兩種態度。一種是歷史的態度，像荷馬所說：「神祇編織不幸，是爲了讓後代不缺少吟唱的題材。」另一種是個人的人生態度，像馬提亞爾所說：「回憶過去的生活，無異於再活一次。」荷馬的態度和馬提亞爾的態度有一點是一致的，那就是人們之所以要找回消失了的過去，並不是爲了再一次去承受，而是爲了品嚐。

一九九九年十一月十一日

編註：

1.《追悼亡兒之歌》Kinder to tenlieder，台譯：《亡兒之歌》。

人類的正當研究便是人

一位姓名不詳的古羅馬人，留下了一段出處不詳的拉丁語，意思是「他們著書，不像是出自一個深刻的信念，而像是找個難題鍛鍊思維。」另一位名叫歐里庇德斯❶的人說：「上帝的著作各不相同，令我們無所適從。」而古羅馬時期最爲著名的政客西塞羅不無心酸地說道：「我們的感覺是有限的，我們的智力是弱的，我們的人生又太短了。」

這其實是我們源遠流長的悲哀。很多爲了鍛鍊思維而不是出於信念生長起來的思想影響著我們，再讓我們世代相傳；讓我們心甘情願地去接受那些顯而易見的邏輯的引誘，爲了去尋找隱藏中的、撲朔迷離和時隱時現的邏輯；在動機的後面去探索原因的位置，反過來又在原因的後面去瞭解動機的形成，週而復始，沒有止境。

然後我們陷入了無所適從之中，因爲上帝的著作各不相同。接著我們開始懷疑，最終懷疑還是落到了自己頭上，於是西塞羅的心酸流傳至今。

兩千多年之後，有一位名叫墨里・施瓦茲❷的美國人繼承了西塞羅的心酸。他大約在一九一七年的時候來到了人間，然後在一九九五年告別而去。這位俄裔猶太人在這個充滿了戰爭和冷戰、革命和動亂、經濟蕭條和經濟繁榮的世界上逗留了七十八年，他差不多經歷了整整一個世紀。他所經歷的世紀是西塞羅他們望塵莫及的世紀，這已經不是在元老會議上夸夸其談就可以搞掉政敵的世紀，這是一個什麼樣的世紀？在依塞亞・柏林❸眼中，這是「西方史上最可怕的一個世紀」；寫下了《蠅王》❹的戈爾丁❺和法國的生態學家迪蒙繼續了依塞亞・柏林的話語，前者認爲「這眞是人類史上最血腥動盪的一個世紀」，後者把它看做「一個屠殺、戰亂不停的時代」；梅紐因❻的語氣倒是十分溫和，不過他更加絕望，他說：「它爲人類興起了所能想像的最大希望，但是同時卻也摧毀了所有的幻想與理想。」

這就是墨里・施瓦茲的時代，也是很多人的時代，他們在喧囂的工業革命裏度過了童年的歲月，然後在高科技的資訊社會裏閉上了生命的眼睛。對墨里・施瓦茲來說，也對其他人來說，尤其是對美國人來說，他們的經歷就像人類學家巴諾哈❼所說的：「在一個人的個人經歷——安安靜靜地生、幼、老、死，走過一生沒有任何重大冒險患難——與二十世紀的眞實事跡……人類經歷的種種恐怖事件之間，有著極爲強烈顯著的矛盾對比。」墨里・施瓦茲的一生證實了巴諾哈的話，他確實以安安靜靜的人生走過了這個動盪不安的世紀。他以美國的方式長大成人，然後認識了成爲他妻子的夏洛特，經歷了一生中唯一的一次婚姻，他有兩個兒子。他開始時的職業是心理和精神分析醫生，不久後就成爲了一名社會學教授，並且以此結束。

這似乎是風平浪靜的人生之路，墨里・施瓦茲走過了兒子、丈夫和父親的歷程，他在人生的每一個環節上都是盡力而爲，就像他長期以來所從事的教授工作那樣，認眞對待來到的每一天。因此這是一個優秀的人，同時也是一個十分普通的人，或者說他的優秀之處正是在於他以普通人的普遍方式生活著，兢兢業業地去承擔命運賦予自己的全部責任，並且以同樣的態度去品嚐那些綿延不絕的歡樂和苦惱。他可能具備某些特殊的才華，他的工作確實也爲這樣的才華提供了一些機會。不過在更多的時候，他的才華會在日常生活中找到更加肥沃的土壤，結出豐碩之果，從而讓自己時常心領神會地去體驗世俗的樂趣，這是一個眞正的人、同時也是所有的人應該得到的體驗。而且，他還是一個天生的觀察者，他對自己職業的選擇更像是命運的安排，他的選擇確實正確。他喜歡觀察別人，因爲這同時也在觀察自己。他學會了如何讓別人的苦惱和喜悅來喚醒自己的苦惱和喜悅，反過來又以自己的感受去辨認出別人的內心。他在這方面才華橫溢，他能夠在嚴肅的職業裏去獲得生活的輕鬆，讓它們不分彼此。可以這麼說，墨里•施瓦茲的人生之旅碩果累累，他的努力和執著並不是爲了讓自己做爲一名教授如何出色，而是爲了成爲一個更加地道的人。

因此，當這樣一個人在晚年身患絕症之時，來日有限的現實會使殘留的生命更加明亮。於是，墨里•施瓦茲人生的價值在絕症的摧殘裏閃閃發光，如同暴雨沖淋以後的樹林一樣煥然一新。在這最後的時刻，這位老人對時間的每一分鐘的仔細品味，使原本短暫的生命一次次地被拉長了，彷彿他一次次地推開了死亡急躁不安的手，彷彿他對生命的體驗才剛剛開始。他時常哭泣，也時常微笑，這是一個臨終老人的哭泣和微笑，有時候又像是一個初生嬰兒的哭泣和微笑。墨里・施瓦茲寬容爲懷，而且熱愛交流，這樣的品質在他生命的終點更加突出。他談論心理建設的必要性，因爲它可以降低絕望來到時的影響力；他談論了挫折感，談論了感傷，談論了命運，談論了回憶的方式。然後他強調了生活的積極，強調了交流的重要，強調了要善待自己，強調了要學會控制自己的內心。最後他談到了死亡，事實上他一開始就談到了死亡，所有的話題都因此而起，就像在鏡中才能見到自己的形象，墨里・施瓦茲在死亡裏見到的生命似乎更加清晰，也更加生機勃勃。這是一位博學的老人，而且他奔向死亡的步伐誰也趕不上，因此他臨終的遺言百感交集，他留下的已經不是個人的生命旅程，彷彿是所有人的人生道路彙聚起來後出現的人生廣場。

墨里・施瓦茲一直在對抗死亡，可是他從來沒有強大的時候，他最令人感動的也是他對抗中的軟弱，他的軟弱其實是我們由來已久的品質，是我們面對死亡時不約而同的態度。他的身心全部投入到了對自己，同時也是對別人的研究之中，然後盛開了思想之花。他繼承了西塞羅的心酸，當然他思想裏最後的光芒不是爲了找個難題鍛鍊思維，確實是出於深刻的信念，這樣的信念其實隱藏在每一個人的心中，墨里・施瓦茲說了出來，不過他沒有說完，因爲在有關人生的話題上沒有權威的聲音，也沒有最後的聲音，就像歐里庇德斯所說的「上帝的著作各不相同」。於是在結束的時候，墨里・施瓦茲只能無可奈何地說：「誰知道呢？」

然而，墨里・施瓦茲的人生之路至少提醒了我們，讓我們注意到在巴諾哈所指出的兩條道路，也就是個人的道路和歷史的道路存在著平等的可能。在巴諾哈所謂的時代的「眞實事蹟」的對面，「安安靜靜」的個人經歷同樣有著不可忽視的重要性，而且這樣的經歷因爲更爲廣泛地被人們所擁有，也就會更爲持久地被人們所銘記。墨里・施瓦茲的存在，以及他生命消失以後繼續存在的事實，也說明了人們對個人經歷的熱愛和關注。這其實是一個最爲古老的課題，它的起源幾乎就是人類的起源；同時它也是最新鮮的課題，每一個新生的嬰兒都會不斷地去學會面對它。因爲當墨里·施瓦茲的個人經歷喚醒了人們自己經歷的時候，也就逐漸地成爲了他們共同的經歷，當然這樣的經歷是「安安靜靜」的。與此同時，墨里·施瓦茲也證實了波普的話，這位啓蒙主義時期的詩人這樣說：「人類的正當研究便是人。」

墨里·施瓦茲年輕的時候會經爲到底是攻讀心理學還是社會學而猶豫不決，「其實我一直對心理學很有興趣，不過最後因爲心理學必須用白老鼠做實驗，而使我打了退堂鼓。」內心的脆弱使他進入了芝加哥大學攻讀社會學，並且取得了博士學位。在一家心理醫院從事研究是他的第一份工作，他明白了心理學並不僅僅針對個人，社會學也並不僅僅針對社會。他的第二份工作使他和阿弗列德·H·施丹頓一起寫下了《心理醫院》，此書被認爲是社會心理學方面的經典之作，這是他和他的朋友在一家非傳統的精神分析醫院的工作成果，也是他年輕時對心理學熱愛的延伸。《心理醫院》的出版使他獲得了布蘭代斯大學的教職，一幹就是三十多年。他是一個勤奮和成功的教授，雖然他沒有依塞亞·柏林那樣的顯赫名聲，可是與其他更多的教授相比，他的成就已經是令人羨慕了。對生存處境的關心和對內心之謎的好奇，使墨里・施瓦茲在六十年代與朋友一起創建了「溫室」，這是一個平價的心理治療機構，用他的學生保羅・索爾曼的話來說——「他認爲那裏是他療傷止痛的地方，開始是哀悼母親之死，最後則是爲了身染惡疾的自己。」墨里・施瓦茲似乎證實了因果報應的存在，當他最初在一家心理醫院開始自己的研究，隨後又在一家精神分析醫院與阿弗列德・H・施丹頓共事，又到「溫室」的設立，最後是建立了「死亡和心靈歸屬」的團體，墨里・施瓦茲畢生的事業都是在研究人，或者說他對別人的研究最終成爲了對自己的研究，同時正是對自己的不斷發現使他能夠更多地去發現了別人。因此當他幫助別人的內心在迷途中尋找方向的時候，他也是在爲自己尋找出路，於是他知道了心靈的寬廣，他知道了自己的內心並不僅僅屬於自己，就如殊途同歸那樣，經歷不同的人和性格不同的人時常會爲了一個相似的問題走到了一起，這時候一個人的內心就可以將所有人的內心凝聚起來，然後像天空一樣籠罩著自己，也籠罩著所有的人。晚年的墨里・施瓦茲擁有了約翰・堂恩❽在《祈禱文集》裏所流露的情感，約翰・堂恩說：「任何人的死亡都使我受到損失，因爲我包孕在人類之中。」

墨里．施瓦茲當然遭受過很多挫折，他的母親在他八歲時就離開了人世，他的童年「表面上嘻嘻哈哈，其實心裏充滿了悲傷」，而且童年時就已經來到的挫折在他成年以後仍然會不斷出現，就如變奏曲似的貫穿了他的一生。然而這些挫折算不了什麼，幾乎所有的人都承受過類似的挫折，與巴諾哈所指出的二十世紀的眞實事跡相比，墨里．施瓦茲的挫折只是生命旅程裏接連出現的小段插曲，或者說是在一首流暢的鋼琴曲裏不小心彈出的錯音。這位退休的教授像其他老人一樣，在經歷了愛情和生兒育女之後，在經歷了事業的奮鬥和生活的磨難之後，他可以喘一口氣了，然後步履緩慢和悠閒地走向生命的盡頭。當然他必須去承受身體衰老帶來的種種不便，這樣的衰老裏還時刻包含著疾病的襲擊，可是幾乎所有的老人都不能去習慣這一切，墨里．施瓦茲也同樣如此。就像他後來在亞歷山大．羅文的著作《身體的背叛》裏所讀到的那樣，「羅文醫生在書中指出，我們總以爲我們的身體隨時都應該處於最佳狀態，至少也應該一直保持良好的狀態，彷彿我們奉命必須永遠健康無恙，身體必須永遠反應靈活。一旦它不符合我們的期待時，我們就覺得被身體背叛了。」墨里．施瓦茲心想「這或許是讓我們相信自己是不朽的一種方式」，可是「我們終究會死，我們其實很脆弱，而且隨時都可能一命嗚呼。」

大概是在一九九二年，這位七十五歲的老人開始迎接那致命疾病的最初徵兆，「那時我正在街上走著，看到一輛車對著我衝過來，我想跳到路邊去……但是我跌倒了。」衰老欺騙了墨里．施瓦茲，他以為這是自己老了的原因。此後的兩年時間裏，他一直睡不安穩，他感到困惑，同時也感到好奇，他不斷地詢問自己：「是因為我老了嗎？」後來在一次宴會上，當他開始跳舞的時候，他的步子「一個踉蹌」。再後來就是診斷的結果，他知道了問題並不是出在肌肉方面，而是神經性的。肌萎縮性脊髓側索硬化——這就是來到墨里．施瓦茲體內的疾病的名字。這是一個令人恐怖的名字，它將一個人的生命一下子就推到了路的盡頭，當時的墨里．施瓦茲是「我啞口無言」，他開始遭受這致命的打擊，這時候他畢生所從事的研究工作幫助了他，使他在面對自己的時候也像面對別人一樣，他成為了一個觀察者，成為了一個既身臨其境又置之度外的人，於是他說：「但是從另一個角度來看，至少我知道了那些失眠是為什麼了。」接下去的日子裏，這神經系統的疾病開始在墨里・施瓦茲體內氾濫起來。對疾病明確瞭解的那一刻，往往像洪水決堤那樣，此後就是一瀉千里了。「從那時開始，我親眼目睹身體機能因為肌肉神經失去知覺而日益衰敗……現在，我的吞嚥動作也越來越困難了……其次是我說話的能力，當我想要發出『O』的聲音時，聲音卻卡在了喉嚨裏……」

墨里・施瓦茲來到了生命的尾聲，「所以我的對策是哭……哭完了，我就擦乾眼淚，並且準備好面對這一天。」在接下去為數不多的日子裏，這位老人選擇了獨特的活著的方式，一位名叫傑克・湯瑪士的記者這樣寫道：「在布蘭代斯大學當了三十多年教授後，墨里・施瓦茲教授現在正在傳授他最後的一門課，這門課沒有教學計畫，沒有黑板，甚至連教室也沒有，有的只是他在西紐頓家中的小房間，或者是他家廚房的餐桌，這裏是他定期和學生、同事討論的場所，他們討論的課題非同尋常——墨里本人即將來臨的死亡。」墨里・施瓦茲顯示了與眾不同的勇氣，就像他的同事所說的：「大多數得了重病的人都會朽木自腐，他卻開出了灼灼之花。」事實上，墨里・施瓦茲的勇氣得益於他對現實的尊重，這也是他長期以來所從事的研究訓練出來的結果，這位在心理醫院和精神分析醫院工作過的老人，早就學會了如何客觀地去面對一切，包括客觀地面對自己。因此可以這麼說，他的勇氣同時也是因爲他的脆弱，他不想可能也不敢「默默地走進黑夜」，他選擇了公開的死亡方式，爲此寫下了七十五則關於死亡的警句，並且爲自己舉行了預支的告別儀式，「我要現在就聽到，當我還在的時候。」因爲「我不想等到我兩腿一伸以後再聽到大家聚在一起追悼。」這樣的追悼對墨里・施瓦茲來說無濟於事，他要的是能夠親耳聽到的追悼，因爲「死亡並不是最後的一刻，最後的一刻是爲了哀悼用的。」當然，這位老人臨死前最重要的工作就是傑克・湯瑪士所說的「最後的一門課」，在每一個來到的星期二，在墨里・施瓦茲身體不斷的衰落裏，關於人生和關於死亡的話題卻在不斷地深入和豐富起來。當他失去了呑嚥的能力，又失去了發音的能力，可是他的心臟還在跳動，這「最後的一門課」就會繼續下去。墨里・施瓦茲在被身體迅速的背叛裏，或者說當他逐漸失去自己的身體時，他一生的智慧和洞察力、一生的感受和眞誠卻在這最後的一刻彙聚了起來。然後奇蹟出現了，這位瘦小和虛弱不堪的老人在生命的深淵裏建立了生命的高潮。而且，他在臨終之前用口述錄音的方式，用顫抖的手逐字逐句寫下了從深淵到高潮的全部距離。於是，就有了我們現在讀到的這一本書，一本題爲《萬事隨緣》❾的書，一本在死亡來臨時講述生存的書。

我想，墨里・施瓦茲的最後一課是一首安魂曲，是追思自己一生時的彌撒。這是隆重的儀式，也是安息的理由。就像勃拉姆斯的《德意志安魂曲》。若諸位不嫌，我願意在此抄錄《德意志安魂曲》的歌詞，這些精美的和安撫心靈的詩句來自於馬丁・路德新教的《聖經》：

哀慟的人有福了，因為他們必得安慰，流淚撒下的種子，必歡呼收割。那帶著種子、流著淚出去的，必定歡喜地帶著禾捆回來。

溫和的歌唱是安魂曲的第一樂章，這是對生者的祝福，也是在懇求死者永遠的安息。接著第二樂章的合唱升了起來：

因為凡有血氣的，都如衰草，所有他的枯榮，都如草上之花。草會凋殘，花會謝落。弟兄們哪，你們要忍耐，直到主來。看哪，農夫耐心地等待著地裏寶貴的萌芽，直到它沐到春雨和秋雨。

第二樂章是一段葬禮進行曲，陰沉和晦暗的樂句似乎正將全曲帶向墳墓，可是它的結束卻是狂歡：

永恒的歡樂必定回到他們身上，使他們得到歡喜快樂，憂愁歎息盡都逃避。

第三樂章是男低音與合唱的對話：

主啊，求你讓我知道生命何等短促。你使我的一生窄如手掌，我一生的時日，在你面前如同虛無。世人奔忙，如同幻影。他們勞役，真是枉然。積蓄財寶，不知將來有誰收取。主啊，如今我更何待！我的指望在於你。我們的靈魂都在上帝的手上，再沒有痛苦憂患能接近他們。

第四樂章回到了溫和的田園般的合唱：

耶和華啊，您的居所令人神往！我的靈魂仰慕您；我的心靈，我的肉體向永生的神展開。

第五樂章是女高音與合唱之間的敍事詩一樣的並肩前行，女高音反覆吟唱「我要見到你們」，而合唱部唱出「我會安撫你們」：

你們現在也有憂愁，但我現在要見到你們，你們的心就會充滿歡樂，這歡樂再也沒有人能夠奪去。你們看我，我也曾勞碌愁苦，而最終卻得到安撫。我會安撫你們，就如母親安撫她的孩子。世上沒有永久存在的城市，然而我們仍在尋找這將要到來的城市。

第六樂章男低音與合唱的對話再次出現：

我如今把一件奧秘告訴你們：我們不是都要睡覺，而是一切都要改變。就在一瞬間，在末日的號角響起的時候。因為號角要吹響，死人要復活，成為不朽，我們都要改變。那時《聖經》上的一切就要應驗：「死亡一定被得勝吞滅。」死亡啊，你得勝的權勢在哪裏？死亡啊，你的毒刺在哪裏？我們的主，我們的神，你就是榮耀、尊貴和權柄，因為你創造了萬物，萬物因你的旨意而創造、而生息。

第七樂章是最後的合唱，是擺脫了死亡的苦惱之後的寧靜：

從今以後，在主的恩澤中死亡的人有福了。聖靈說：「是的，他們平息了自己的勞苦，他們的業績永遠伴隨他們。」

一九九九年四月十七日

編註：

1. 歐里庇德斯 Uripides，台譯：優里庇底斯。
2. 墨里・施瓦茲 Morris S. Schwartz，台譯：墨瑞・史瓦茲。
3. 依塞亞・柏林 Isaiah Berlin，台譯：以撒・柏林。
4. 《蠅王》Lord of the Flies，台譯：《蒼蠅王》。
5. 戈爾丁 William Golding，台譯：威廉・高汀。
6. 梅紐因 Yehudi Menuhin，台譯：曼紐因。
7. 巴諾哈 Victor Barnouw，台譯：巴諾。

8. 約翰・堂恩John Donne，台譯：約翰・唐恩。

9.《萬事隨緣》Letting Go Morrie's Reflections on Living While Dying，台譯：《墨瑞的最後一課》。

韓國的眼睛

在剛剛過去的那個世紀，在很多年以前，一個不為人們所知的普通人，確切地說是一個工人，在漢城的繁華之地引火自焚。他在臨死之時表達了感人肺腑的遺憾，他為自己沒有獲得更多的教育而遺憾，他說他多麼希望有一個大學生的朋友，一個學習法律的大學生，來幫助他們工人如何用法律保護自己的權利。

這個樸實無華的人點燃的自焚之火，此後再也沒有熄滅。韓國的知識分子和大學生們，他們在政府提供的較好待遇下平靜地生活了很多年，因為這個普通工人的死，他們開始捫心自問：什麼才是人民的權利？什麼才是民族的前途？這個工人焚燒自己生命的烈火，蔓延到了無數韓國人的心裏，點燃了他們的自尊和他們的憤怒。於是這個熱愛歌舞的民族開始展示其剛烈的性格，從光州起義到席捲整個八十年代的學生運動，人民一點一點地從政治家的手中要回了自己的命運。

這樣的時候正是我在中國度過自己的青年時期，從報紙上和黑白的電視裏，我點點滴滴地瞭解到了這些。當一個又一個與我年齡相仿的韓國青年，或者引火自焚或者墜樓而死，以自己血肉之軀的毀滅來抗議獨裁政治。我一次又一次地感受著什麼叫震驚，想想自己此刻的年齡；想想自己剛剛走上人生的道路，此後漫長的經歷正在期待著自己；想想自己每天都在生長出來的幻想，這樣的幻想正在爲自己描述著美麗的未來。我知道那些奔赴死亡的韓國同齡人也是同樣如此，可是他們毅然決然地終止了自己的生命，終止了更爲寶貴的人生體驗和無數絢爛的願望。他們以激烈的方式死去，表達了他們對現實深深的絕望，同時他們的死也成爲了經久不衰的喊叫，他們的聲音迴盪在他們同胞的耳邊，要他們的同胞永遠醒著，不要睡著。

當我步入三十歲以後，韓國開始以另外一種形象來到中國，一個亞洲四小龍之一的形象，一個在經濟上高速發展的富有的形象，雖然中間滲入了百貨大樓和漢江大橋倒塌的陰影，可是這樣的陰影僅僅停留在韓國人自己的內心深處，對中國人來說就像是一張漂亮的臉上留下的幾顆雀斑，並不影響韓國美好的形象。此刻的中國歷經政治的磨難之後，人們開始厭倦政治，開始表達出對經濟發展的空前熱情，這個時候的中國已經不想看到光州起義的韓國和學生運動的韓國，時代的眼光往往就是購物者的眼光，需要什麼才會看見什麼，這個時候的中國想看到一個經濟上出現奇蹟的韓國，想在韓國的發展裏看到有益於自身的經驗，中國的很多企業家迷上了韓國大集團的運營模式，他們以爲擴張就是發展，他們急急忙忙地登上了飛機，飛向韓國一邊旅遊一邊考察。

接下去的韓國的形象，是一個在亞洲金融風暴中脆弱的形象。此前對韓國經濟模式一片盛讚的中國媒體，出現了一片否定和批評的聲音，在報紙上和電視裏有關韓國的報導，都是公司的倒閉和銀行的壞帳，還有經濟的負增長和失業率的持續上升。當韓元一路暴跌的時候，中國人不由暗自慶倖自己的貨幣還沒有和美元直接掛勾。這個時候在中國，一個名叫「泡沫」的詞語風行起來，而在這個詞語的後面時常會緊跟著另外一個詞語——韓國。而在此刻的韓國，我的韓國朋友告訴我，當人們互相見面時出現了幽默的寒暄：「你還活著？」然後是：「恭喜，恭喜。」

在擁有許多有關韓國的記憶和傳聞之後，去年的六月我第一次來到了韓國，這個伸向海洋的半島，這個幾乎被山林覆蓋的國家。當我走出漢城的機場，第一個印象就是亞洲國家城市的那種特有的印象——雜亂的繁榮。行人和車輛川流不息，喧嘩聲不絕於耳。我猜想這是城市沒有節制的發展所帶來的景象，當我瞭解到漢城有一千多萬人口，釜山有八百多萬，而光州這樣的城市也都在四百萬以上，我心想韓國的四千多萬人口究竟還有多少人住在城市以外的地方？這讓我聯想到了亞洲金融風暴中韓國的命運，城市的擴張似乎表達了韓國經濟的擴張，而城市的命運也似乎決定了韓國的命運。

我來到韓國，我想尋找光州起義的韓國和學生運動的韓國，這是韓國留給我最初的印象，也是我青年時期成長的記憶。在漢城，也在釜山和光州，我看到了繁榮的面紗，它遮住了過去的血跡和今天的淚水。到處都是光亮的高樓和繁華的商場，人們衣著入時笑容滿面；在夜晚霓虹燈閃爍的街道上，都是人滿爲患的飯店和酒吧，還有快樂的醉鬼迎面走來。我無法辨認出八十年代革命的韓國，就是金融風暴中脆弱的韓國也沒有了踪影。我意識到繁榮會改變人的靈魂，這是可怕的改變，它就像是一個美夢，誘惑著人們的思想和情感，它讓人們相信了虛假，並且去懷疑眞實。就像是充斥了韓國電視裏的肥皂劇和大街上的流行歌曲一樣，告訴你的都是別人的美好生活，而不是你自己的生活。那些貼上了大衆文化標籤的商品——它們是商品而不是藝術，其實從一開始就遠離了大衆，它們就像商店裏出售的墨鏡一樣，讓大衆看不清現實的容貌。

可是韓國又讓我看到了金炳紀的音樂劇和全仁權的歌唱，這是難以忘懷的體驗。在漢城的一個像紐約百老匯一樣的地方，一個有著很多劇場的充滿了商業氣息的地方，那裏的街道上貼滿了各種演出的廣告招貼，這些招貼都是蠻不講理地貼在另外的招貼上面，這讓我想起來中國文化大革命時期貼滿街道的大字報。就是在那裏我看到了金敏基的《地鐵一號線》，我深深地感動了，這個由一支搖滾樂隊伴奏出來的音樂劇，表達的是眞正意義上的大衆的命運。然後我又在延世大學的露天廣場上看到了全仁權的演唱，這是一場歷時兩天的搖滾音樂的演出，或者說是韓國搖滾音樂的展覽會，幾乎所有的搖滾歌手都登臺亮相，而最後出場的就是全仁權的野菊花樂隊，我聽不懂他的歌詞，但是我聽懂了他的音樂，他的演唱讓我聽到了韓國的激情和韓國的溫柔。我感到欣喜的是，這些激動人心的作品在韓國有著深入人心的力量。當我看到《地鐵一號線》的時候，它的演出已經超過一千場，可是劇院裏仍然坐滿了觀衆，而且每一位觀衆都被臺上的演出感染著，他們不時發出會心的歡笑，另外的時候又在寂靜無聲中品嚐著什麼是感動。而全仁權的演出則讓我看到了近似瘋狂的景象，當這個像搬運工人似的歌手出現在舞臺上時，年輕的觀衆立刻湧向了我座位前面的空地，我只能站到椅子上看完演出，當時全場的觀衆都已經站立起來，跟隨著舞臺上全仁權笨拙的身體一起搖擺，一起歌唱。這是我在漢城的美好經歷，它們不是自詡大衆文化、其實是在製造假象的肥皂劇；也有別於宣稱與大衆爲敵、沉醉在孤芳自賞中的所謂現代主義；這是眞正意義上的大衆的藝術，因爲它來自於大衆，又歸還給大衆，這樣的藝術終於讓我看淸了韓國眞實的容貌。

我曾經看到過光州起義死難烈士的圖片，在那些留下斑斑血跡的臉上，在那些生命已經消失的臉上，我看到了他們微微睜開著的眼睛，這是瞳孔放大目光散失以後的眼睛，他們的眼睛彷彿是燃燒的烈火突然熄滅的那一瞬間，寧靜的後面有著不可思議的憂鬱，迷茫的後面有著難以言傳的堅定。在我所看到的圖片裏，光州起義死難者的眼睛沒有一個是閉上的，他們淡然地看著我，讓我感到戰慄，然後我把他們的眼睛理解成是韓國的眼睛。

在韓國短暫的日子裏，我的感受彷彿被一把鋒利的刀切成了兩半。一方面是來自韓國城市繁華的白晝和燈紅酒綠的夜晚，如同海水一樣淹沒了我的感受，這一切就像是虛假的愛情。另一方面又讓我感受到在平靜的海面下有著洶湧的激流。在漢城的聖公會大學，我看到了一個光州起義和學生運動的紀念室，這是我的朋友白元淡和她的同事們佈置的。當西服革履的青林出版社總編輯金學元和他賢惠的太太站在我面前時，我很難設想他們當初都是反對獨裁政治的革命者，他們都經受了坐牢的折磨和被拷打的痛苦。在光州起義的烈士陵墓，在一位死去的學生的墓前，我看到在一個玻璃罩裏放著還沒有完成的作業，還有他的同學現在寫給他的信。也是在光州，金學元介紹我認識了金玄裝，這個在韓國很多人心目中的民族英雄，當年焚燒了美國在釜山的文化院，金玄裝點燃的這一把火，使很多韓國人突然明白過來——美國不是他們的朋友。金玄裝此後在監獄裏度過了數不清的黑夜和白天，他幾次差一點就被處死，他能夠活到今天只能說是命運的奇蹟。那天晚上，我們坐在金玄裝家中的地板上，我聽著他和金學元滔滔不絕地說著什麼，我聽不懂他們的話，但我知道他們是在回憶過去，我看到他們兩個人的臉上神采飛揚。

我很喜歡韓國的詩人金正煥，雖然我們之間有著語言的障礙，可我時常覺得他是我童年的伙伴，我們彷彿一起長大。他寫下了大量優秀的詩篇，還有兩冊厚厚的關於音樂的書籍，了不起的是他的作品都是在睡眠不足的情況下完成的。他臉上時常掛著寬厚的微笑，他的眼睛永遠是紅腫著，他談吐幽默，只要他一出現，他周圍的人就會不時地爆發出笑聲。現在他仍然保持著當初革命時期的習慣，當他實在太累的時候，他就會走進地鐵，找一隻空座位斜躺下來，在地鐵飛速的前進和不斷的剎車裏睡上一、兩個小時。

在漢城的很多個晚上，我跟隨著金正煥到處遊蕩。我們在黎明來到的漢城街頭揮手告別，可是當夜幕再度降臨漢城後，我們的遊蕩又開始了。金正煥經常帶我去一家小酒吧，我沒有記住這家酒吧的名字，但是我難忘酒吧的格局和氣氛，就像是一個家庭似的樸素和擁擠。我的朋友崔容晚告訴我，在八十年代這裏是文化界革命者聚集的地方。裏面整整一牆都是古典音樂的CD，這是金正煥欠債的標誌，他無力償還這裏的酒錢後，就將家中的CD搬到這裏付賬。可是他又時常取下這裏的CD送給他的朋友，在我們分別的時候，金正煥找出了兩張唱片送給了我。

這家酒吧的老闆娘給我留下了深刻的印象，她時常安靜地坐在一旁，手中夾著一支香煙，任憑她的顧客自己去打開冰箱取酒，或者尋找其他的什麼。她的眼睛出奇的安詳，彷彿她對什麼都是無動於衷，可是又讓人覺得裏面深不可測。當她坐到我們中間，當她微笑著開口說話時，我注意到她的眼睛仍然是那麼的平靜。我可以想像在八十年代的時候，當那些一半是革命者一半是瘋子的詩人和藝術家在街頭和警察衝突完了之後，來到這裏打開酒瓶豪飲到黎明，然後欠下一屁股的酒債醉醺醺地離去時，她也是這樣安靜地看著他們。我心想這就是韓國的眼睛。

去年的十月，我第二次來到了韓國，這一次飛機是在夜色中降落在釜山機場。飛機下降的時候，我看到了釜山的夜景，這座建立在山坡上的城市使它的燈火像波浪一樣起伏，釜山的燈火有著各不相同的顏色，黃色、白色和藍色，還有紅色交錯在一起，彷彿萬花齊放似的組成了人間的美景。這樣的美景似乎是吸食了大麻以後看到的美景，就像是繁榮以後帶來的美景一樣，它們的美都是因爲掩蓋了更多的現實才得以浮現出來。無論是韓國，還是中國，人們有時候需要虛假的美景，只要人們昏睡不醒，那麼美夢就永遠不會破滅。當韓國的肥皀劇在中國的電視上廣受歡迎的時候，當安在旭在北京工人體育場的演唱大獲成功的時候，韓國的大麻已經和中國的大麻匯合了。與此同時，那個用歌聲讓人們清醒的全仁權，因爲吸食了大麻第三次從監獄裏走出來，我想他很可能會第四次步入監獄的大門。因爲歌聲的大麻是合法的，而吸食大麻是違法的，我知道這是韓國的現實，但我相信這不是韓國的眼睛。

二〇〇一年一月十二日

靈魂飯

在一本關於巴托洛海・德・拉斯卡薩斯神父的小册子裏，講述了這位西班牙教士神秘的業績。

一四九二年十月一日，一位帶著西班牙國旗的義大利人在被海水打濕的甲板上，看到了綿延不絕的被森林覆蓋的土地浮現在茫茫的海水之上。這個名叫哥倫布的人後來毀譽參半，一方面他是功勳卓越的美洲大陸的發現者，另一方面他又是臭名昭著的殖民掠奪者。然而他並不知道自己發現的是一片新大陸，他簡單地認爲這只是通往東印度的捷徑。當哥倫布第一次登上美洲大陸時，土著的印地安人歡迎了他們，他們在沙灘上進行了最初的交易，歐洲人用他們廉價的玻璃製品換取印地安人昂貴的寶石。這時候的哥倫布和他的追隨者顯然滿足於類似的欺詐行爲，他們和印地安人相處的不錯。當哥倫布第二次來到時，他的身份不再是一個發現者，而是一個征服者。按照他和西班牙王室的協定，他成為了西印度群島的總督，以及他所發現海域的海軍上將。哥倫布開始了他的血腥統治，他的繼任者更加殘暴，最終的結果是一百多萬印地安人分別被打死、累死、餓死、凍死和病死，印地安人在西印度群島悲慘地接受了滅絕的命運。

消息傳到歐洲，西班牙人和葡萄牙人、法國人和英國人、荷蘭人和其他歐洲人紛紛漂洋過海，像蚊子似的一團團地擁向了神秘的美洲大陸，開始了無情的征服狂潮。聶魯達在詩中把他們稱做一群戴著假牙和假髮的人，這群殖民掠奪者在此後的三百年裏，使四千萬人口的印地安人下降到了九百萬人口，將田園詩般的印地安世界變成了恐怖的人間地獄。與此同時，西班牙從美洲運回了二五〇萬公斤的黃金和一百萬公斤的白銀，英國和法國以及其他歐洲國家，也同樣掠走了大量的金銀財寶。

巴托洛海・德・拉斯卡薩斯神父就是在這個時候登上美洲大陸，資料顯示他是最早來到美洲的神父之一。與前往亞洲和非洲的傳教士有著不同的命運，來到美洲的傳教士沒有被趕走，這是因爲美洲大陸被歐洲殖民者徹底征服了，而亞洲和非洲最終沒有被征服。淪落爲奴隸的印地安人在白人的獵殺下，只能放棄他們的原始宗教，這樣的宗教曾經與印地安人的生命和生活緊密相連，印地安人堅信萬物都有靈魂，然後產生了印地安的巫術，進而就是圖騰崇拜，他們的圖騰和生靈有關，狼、熊、龜、鷹、鹿、鰻、海狸等等都是圖騰的物件。這些曾經與自然界親密無間的印地安人，在失去家園和妻離子散以後，在意識到自己已經被徹底征服以後，紛紛成爲了基督的信徒。拉斯卡薩斯和他的精神同事們事實上成爲了另一種征服者，心靈的征服者。

拉斯卡薩斯神父在美洲大陸的傳教經歷，使他親眼目睹了殘忍的現實——殖民者對印地安人殘酷的武力剿殺、沉重的勞役折磨，還有不堪忍受的苛捐雜稅，以及疾病和瘟疫。在人口稠密的太平洋一邊，殖民者將成千上萬的印地安人趕入大海，讓滔滔的海浪淹沒印地安人悲傷的眼睛和絕望的哭泣。

這一切使拉斯卡薩斯神父放棄了歐洲白人的立場，站到了印地安人中間。他曾經十二次渡海回國，爲印地安人請命，希望減輕印地安人沉重的勞役負擔，這是他一生中最爲人稱道的經歷。這位神父請求西班牙國王將印地安人做爲「人」來對待，這個現在看來是合情合理的請求，在當時的殖民者眼中卻是荒唐可笑。

這本有關拉斯卡薩斯神父的小册子沒有繼續寫下去，因爲接下去的故事對這位神父極爲不利。雖然和冷酷的征服者哥倫布絕然不同，充滿同情和憐憫之心的巴托洛海・德・拉斯卡薩斯卻同樣引起了爭議。如果免除了印地安人沉重的勞役，那麼誰來替代他們？拉斯卡薩斯建議用非洲的黑人來替代。神父的同情和憐憫並沒有挽救印地安人的命運，倒是帶來了另外一場災難，非洲的黑人開始源源不斷地進入美洲大陸。

一九九九年五月，我帶著兩個問題來到美國。在華盛頓特區的霍華德大學，這是一所歷史悠久的黑人大學，我見到了米勒教授，我問他是否知道巴托洛海・德・拉斯卡薩斯神父的故事，米勒教授聽到這個西班牙教士的名字時，臉上出現了一絲奇怪的微笑，他告訴我他知道這個故事。於是我的第一個問題提了出來，這位神父是不是後來瘋狂的奴隸貿易的罪魁禍首？做爲一位黑人，米勒不會輕易放過或者原諒所有和奴隸貿易有關的人，他認爲拉斯卡薩斯神父有著不可推脫的責任。事實上在哥倫布登上西印度群島開始，以及此後的三百多年裏所有登上美洲大陸的歐洲白人都難逃罪責。

讓拉斯卡薩斯神父一個人來承擔奴隸貿易起因的責任，顯然是不公正的。事實是在哥倫布發現美洲大陸的半個世紀以前，在拉斯卡薩斯神父出生以前，非洲的奴隸貿易已經開始，不同的是，奴隸們那個時候所去的地方是歐洲。而且在更爲久遠的年代，阿拉伯人已經在非洲悄悄地從事這樣的勾當了。所以拉斯卡薩斯神父在美國的黑人中間並不知名，當我向其他幾個非洲裔的美國人提起這位教士時，這些不是從事專門研究工作的美國黑人都茫然地搖起了頭，他們表示不知道有這麼一個人。如果一定要爲後來大規模的奴隸貿易尋找一個罪魁禍首，那麼這個人毫無疑問就是哥倫布。

正是哥倫布對美洲大陸的發現，那些原來駛向歐洲的奴隸船開始橫渡大西洋前往美洲，一個長達四百多年的人間悲劇拉開了序幕。當沾滿印地安人鮮血的寶石和貴重金屬源源不斷地流入歐洲的時候，當東方國家盛產的香料和黃金被掠奪到歐洲的時候，對歐洲的殖民者來說，非洲使他們獲得暴利的就是奴隸的買賣。這是非洲歷史上最爲黑暗的一頁，隨著美洲大陸豐富的礦產資源不斷被發現，隨著甘蔗、煙草、棉花、藍靛和水稻等種植園的迅速發展，奴隸船就像是城市裏的馬車一樣，繁忙地穿梭於歐洲—非洲—美洲之間。這就是奴隸貿易中臭名昭著的三角航程，一艘艘滿載著廉價貨物的商船從歐洲啓程，到非洲換成黑奴以後經大西洋來到美洲，用奴隸換取美洲殖民地的蔗糖、棉花和煙草等物，回到歐洲出售這些貨物，然後用很少的錢買進廉價的貨物，再次啓程前往非洲。一次航程可以做三次暴利的買賣，在美洲殖民地賣出的奴隸價格是在非洲買進價格的三十倍和五十倍之間。

歐洲的奴隸販子雇有專職的醫生，這些遊手好閒的人遍佈非洲的許多地方，他們像獸醫檢查牲口一樣檢查著奴隸的身體，凡是年齡在三十五歲以上，嘴唇、眼睛有缺陷、四肢殘缺、牙齒脫落甚至頭髮灰白的均不收購。在四百多年的奴隸貿易中，那些年齡在十歲到三十五歲之間的男子和二十五歲的女子幾乎都難逃此劫，殖民者掠奪了非洲整整四個多世紀的健康和強壯，只有老弱病殘留在了自己的家園，於是非洲病入膏肓。許多地區的收成、畜群和手工業都遭受了悲慘的破壞和無情的摧毀，蔓延的饑荒和獵奴引起的部落間的戰爭此起彼伏，以往熱鬧的商路開始雜草叢生，昔日繁榮的城市變成了荒涼的村落。

這期間運往美洲的奴隸總數在一千五百萬以上，而在獵奴戰爭中的大屠殺裏死去的，從內地到沿海的長途跋涉中倒下的，大西洋航程裏船上的大批死亡以及反抗中犧牲的奴隸總數，遠遠超過到達美洲的奴隸總數。奴隸貿易使非洲損失了一億人口，也就是說得到一個奴隸就意味著會犧牲五到十個奴隸。就是最後終於登上了美洲大陸的倖存者，由於過重的勞動和惡劣的生活待遇，在到達後的第一年又會死去三分之一。

海上的航行就像是通往地獄的道路一樣，航程漫長，風浪險惡，死亡率極高，曾經有五百人的奴隸一夜之間就死去一百二十人。奴隸船幾乎都超過負載限度，在黑暗的船艙裏，那些身上烙下了標記的奴隸兩個兩個被鎖在一起，每人只有一席容身之地，飲食惡劣，連足夠的水和空氣也沒有。天花、痢疾和眼炎是流行在奴隸船上的傳染病，它們就像是大西洋兇惡的風浪一樣，一次次襲擊著船上手足無措的奴隸。眼炎的傳染曾經使整整一船奴隸雙目失明，在被日出照亮的甲板上，這些先是失去了自由、接著又失去了光明的奴隸，現在要失去生命了。他們無聲無息地摸索著從船艙裏走出來，在甲板上排成一隊，奴隸販子將他們一個一個地拋入大海。

在美洲印地安人悲慘的命運和非洲奴隸悲慘的命運之間，是歐洲殖民者的光榮與夢想。奴隸貿易剛開始的時候，荷蘭因爲其海上運輸業的發達，被殖民者稱爲「海上馬車夫」，在大西洋一邊的美洲所有的港口，飄揚著荷蘭國旗的販奴船四出活動。英國人後來居上，雖然他們販奴的歷史比其他國家都要晚和短，可是他們憑藉著海上的優勢，使其業績超過其他國家四倍。當奴隸貿易給非洲帶來無休止的戰爭、蹂躪、搶劫和暴力，使非洲逐漸喪失其生產力和原有的物質文化之後；當美洲的印地安人被剿滅、被驅趕和被奴役之後；歐洲和已經成為白人家園的美洲迅速地繁榮起來了。這就是馬克思所說的「資本主義時代的曙光」，在馬克思眼中，「資本來到世間，從頭到腳，每一個毛孔都滴著血和骯髒的東西。」

今天當人們熱情地談論著經濟全球化和貿易自由化的時候，這個風靡世界各地的全球化浪潮，在我看來並不是第一次。第一次的全球化浪潮應該是五百年以前開始的，對美洲的征服、對亞洲的掠奪和對非洲的奴隸貿易。連接非洲、美洲和歐洲的奴隸貿易以及礦產和種植物的貿易，養育了以歐洲為中心的資本主義，隨著東印度淪為英國的殖民地和後來鴉片戰爭在中國的爆發，亞洲也逐步加入到這樣的浪潮之中。第一次全球化浪潮伴隨著奴隸貿易經歷了四百多年，進入二十世紀以後，兩次世界大戰和此後漫長的冷戰時期，以及這中間席捲世界各地的革命浪潮，還有從不間斷的種族衝突和利益衝突引起的局部戰爭，似乎告訴人們世界已經分化，然而正是在這樣的分化時期，壟斷資本和跨國資本迅猛地成長起來，當冷戰結束和高科技時代的來臨，當人們再次迎接全球化浪潮的時候，雖然與第一次血淋淋的全球化浪潮絕然不同，然而其掠奪的本質並沒有改變，第二次全球化浪潮仍然是以歐洲人或者說是絕大多數歐洲人的美國爲中心。

我並不是反對全球化，我反對的是美國化的全球化和跨國資本化的全球化。五百年前一船歐洲的廉價物品可以換取一船非洲的奴隸，現在一個波音的飛機翅膀可以在中國換取難以計算的棉花和糧食。全球化的經濟不會帶來全球平等的繁榮，貿易的自由化也不會帶來公平的交易。這是因爲少數人擁有了出價的權利，而絕大多數人連還價的權利都沒有。當美國和歐洲的跨國資本進入進入第三世界的時候，並沒有向這些國家和地區提供其核心的技術，他們只是爲了掠奪那裏的勞動力，這一點與當初的殖民者掠奪美洲和非洲的技倆驚人的相似。就像當初的歐洲人把火器、鐵器和酒帶到美洲的印地安人中間，把歐洲的物資帶到非洲一樣，他們教會印地安人改穿紡織品製成的服裝，教會非洲人如何使用他們的物品，當印地安人和非洲人沾染上這些新的嗜好的時候，卻並沒有學到滿足這些嗜好的技術。於是非洲原有的生產力和物質文化被不同程度地摧毀，非洲可以用來與歐洲交換這些物資的只有他們的人口了，同胞互相殘殺，部落戰爭不斷，不僅沒有保衛自己的非洲，反而促進了殖民者的奴隸貿易。在美洲的印地安人，只有森林裏的皮毛財富可以換取這些自己不能製造的物品，於是印地安人的狩獵不再是單純地爲了獲取食物，而且還要爲換得白人的物品而打獵。印地安人的需求日益增加，他們的資源卻不斷減少，當歐洲的白人瘋狂地湧入美洲定居以後，又導致森林裏大量野獸的逃跑，使印地安人生活的手段幾乎完全喪失，他們只能離開自己出生和埋葬著自己祖先的地區，因爲繼續生活在那裏只能餓死，他們跟蹤著大角鹿、野牛和河狸逃跑的足跡走去，這些野獸指引著他們去尋找新的家園。

在華盛頓的霍華德大學，我詢問米勒教授的第二個問題是關於靈魂飯，這是黑人特有的料理，僅僅在詞語上就深深地吸引了我。就像印地安人相信萬物都有靈魂，非洲的黑人同樣熱情地討論著靈魂，他們甚至能夠分辨出靈魂的顏色，他們相信是和他們的皮膚一樣的黑色。這是苦難和悲傷帶來的信念，在華盛頓的一個黑人社區，阿娜卡斯蒂亞社區，我看到了一幅耶穌受難的畫像，這個被綁在十字架上睜大了憐憫的眼睛的耶穌，並不是一個白人，他有著黑色的皮膚。

米勒告訴我，這樣的料理具有濃郁的文化特徵，是黑人在悲慘的奴隸貿易中自我意識的發展。靈魂飯的料理方式來自於非洲以及美國南方黑奴的文化根源，同時又是他們被奴役時缺乏營養的現實。米勒反覆告訴我，一定要品嚐兩種靈魂飯，一種是紅薯，另一種叫綠。當我們分手的時候，他再一次囑咐我，別忘了紅薯和綠。

我在阿娜卡斯蒂亞社區的一家著名的靈魂飯餐館，第一次品嚐了黑人的靈魂飯。可能是飲食習慣的問題，我覺得自己很難接受靈魂飯的料理方式，可是米勒教授推薦的紅薯和綠，卻讓我終身難忘。那一道紅薯是我吃到的紅薯裏最爲香甜的，確切地說應該是紅薯泥，熱氣蒸騰，將叉子伸進去攪拌的時候可以感受著紅薯的細膩，尤其是它的甜，那種一下子就佔滿了口腔的甜，令人驚奇。另一道綠顯然是醃製的蔬菜，剁碎之後的醃製，可是它卻有著新鮮蔬菜的鮮美，而且它的顏色十分的翠綠，彷彿剛剛生長出來似的。

後來我在幾個黑人家中做客時，都吃到了紅薯和綠。在過去貧窮和被奴役的時代，靈魂飯是黑人在新年和耶誕節時才可以吃到，現在它已經出現在黑人平時的餐桌上。然而靈魂飯自身的經歷恰恰是黑人做爲奴隸的歷史，它的存在意味著歷史的存在。歐洲人的壓迫，事實上剝奪了非洲人後裔的人類權益，美國的絕大多數黑人現在連自己原來的祖國都不知道，他們不再講自己祖先的語言，他們放棄了原來的宗教，忘記了非洲故鄉的民情。於是這時候的靈魂飯，就像謝姆賓・烏斯曼的聲音——

> 今天，奴隸船這種令人望而生畏和生離死別的幽靈已不再來纏磨我們非洲。
>
> 戴上鐐銬的兄弟們的痛苦哀鳴也不會再來打破海岸炎熱的寂靜。
>
> 但是，往日苦難時代的號哭與呻吟卻永遠迴響在我們的心中。

這是漫長的痛苦，從非洲的大陸來到非洲的海岸，從大西洋的這一邊來到了大西洋的那一邊，從美國的東海岸又來到了美國的西海岸，黑人沒有自由沒有財產，他們只有奴隸的身份。〈解放宣言〉之後，又是漫長的種族隔離和岐視，黑人不能和白人去同樣的醫院；黑人不能和白人去同樣的學校；黑人不能和白人坐在同樣的位置上。他們的廁所和他們的候車室都與白人的隔離，在汽車上和船上，黑人只能站在最後面；只有在火車上，黑人才可以坐在最前面的車廂裏，這是因爲前面的車廂裏飄滿了火車的煤煙。一位黑人朋友告訴我：「我們的痛苦是我們生活的一部分。」

一位黑人學者在談到奴隸貿易的時候，向我強調了印地安人的命運，他認爲正是印地安人部落的不斷消失，瞭解地理狀況的印地安人知道如何逃跑，使歐洲的殖民者源源不斷地運來非洲的奴隸，非洲的奴隸不熟悉美洲的地理，他們很難逃跑，只能接受悲慘的命運。

在美洲大陸的深淵裏，黑人被奴役到了不能再奴役的地步，而印地安人被驅趕之後又被放任自由到極限。放任自由對印地安人造成的傷害，其實和奴役對黑人造成的傷害一樣慘重。當成群結隊的印地安人被迫離開家園，沿著野獸的足跡找到新的家園時，早已有其他的部落安紮在那裏了，資源的缺乏使他們對新來者只能懷有敵意，背井離鄉的印地安人前面是戰爭後面是饑荒，他們只能化整爲零，每一個人都單獨去尋找生活的手段，本來就已經削弱了的社會紐帶，這時候完全斷裂了。夏爾・阿列克西・德・托克維爾在他著名的《論美國的民主》❶一書中，有一段這樣的描述：

一八三一年，我來到密西西比河左岸一個歐洲人稱為孟菲斯的地方。我在這裏停留期間，來了一大群巧克陶部人。路易斯安那的法裔美國人稱他們為夏克塔部。這些野蠻人離開自己的故土，想到密西西比河右岸去。自以為在那裏可以找到一處美國政府能夠准許他們棲身的地方。當時正值隆冬，而且這一年奇寒的反常。雪在地面上凝成一層硬殼，河裏漂浮著巨冰。印地安人的首領帶領著他們的家屬，後面跟著一批老弱病殘，其中有剛剛出生的嬰兒，又有行將就木的老人。他們既沒有帳篷，又沒有車輛，而只有一點口糧和簡陋的武器。

我看見了他們上船渡過這條大河的情景，而且永遠不會忘記那個嚴肅的場面。在那密密麻麻的人群中，既沒有人哭喊，又沒有人抽泣，人人都是一聲不語。他們的苦難由來已久，他們感到無法擺脫苦難。他們已經登上載運他們的那條大船，而他們的狗仍留在岸上。當這些動物發現它們的主人將永遠離開它們的時候，便一起狂吠起來，隨即跳進浮著冰塊的密西西比河裏，跟著主人的船泅水過河。

托克維爾提到的孟菲斯，是美國田納西州的孟菲斯。我最早是在威廉·福克納的書中知道孟菲斯，我還知道這是離福克納家鄉奧克斯福最近的城市。威廉·福克納生前的很多個夜晚都是在孟菲斯的酒館裏度過的，這個叼著煙斗的南方人喜歡在傍晚來臨的時候，開上他的老爺車走上一條寂靜的道路，一條被樹木遮蓋了密西西比和田納西廣闊的風景的道路，在孟菲斯的酒館裏一醉方休。接著我又知道了一個名叫埃爾維斯·普雷斯利❷的卡車司機，在孟菲斯開始了他輝煌的演唱生涯，這個叫貓王的白人歌手讓黑人的布魯斯音樂響遍世界的各個角落，而他又神秘地在孟菲斯結束了自己的一生。最後我知道的孟菲斯是一九六八年四月四日的一個罪惡的黃昏，在一家名叫洛蘭的汽車旅館裏，一個黑人用過晚餐之後走到陽臺上，一顆白人的子彈永遠地擊倒了他。這個黑人名叫馬丁・路德・金❸。

出於對威廉・福克納的喜愛，我在美國的一個月的行程裏，有三天安排在奧克斯福。這三天的每一個晚上，我和一位叫吳正康的朋友都要驅車前往孟菲斯，在那裏進行自己的晚餐，這是對福克納生前嗜好的蹩腳的模仿。

孟菲斯有著一條屬於貓王的街道，街道上的每一家商店和酒吧都掛滿了貓王的照片，那些貓王在孟菲斯開始演唱生涯的照片，年輕的貓王在照片裏與孟菲斯昔日的崇拜者勾肩搭背，喜笑顏開。一輛輛旅行車將世界各地的遊客拉到了這裏，使貓王的街道人流不息，到了晚上這裏立刻燈紅酒綠，不同的語言在同一家酒吧裏高談闊論。人們來到這裏，不是因爲威廉・福克納曾經在這裏醉話連篇，也不是因爲馬丁・路德・金在這裏遇害身亡，他們是要來看看貓王生前的足跡，或者購買一些貓王的紀念品，他們排著隊與貓王的雕像合影。

離開了貓王的街道，孟菲斯讓我看到了另外的景象，一個彷彿被遺忘了似的冷清的城市。在其他的那些街道上，當我們迷路的時候，發現沒有行人可以詢問。我們開著車在孟菲斯到處亂轉，在黃昏時候的一個街角，我看到一個上了年紀的黑人坐在門廊的椅子裏，他身體前傾，雙手放在自己的膝蓋上，當我們的汽車經過時，他看到了我們，他的臉上毫無表情。因爲迷路，我們在孟菲斯轉了一圈後，又一次從這個黑人的眼前駛過，我注意到他還是那樣地坐著。直到第三次迷路來到他的跟前時，我看到一個黑人姑娘開著車迎面而來，她在車裏就開始招手，我看到那個上了年紀的黑人站了起來，彷彿春天來到了他的臉上，他歡笑了。

在來到密西西比的奧克斯福之前，我和很多人談論過威廉・福克納，我的感受是每一個人的立場都決定了他閱讀文學作品的方向。被我問到的黑人，幾乎是用同一種語氣指責威廉・福克納——他是一個種族主義者。另外一些白人學者則是完全不同的態度，他們希望我注意到威廉・福克納生活的時代，那是一個種族主義的時代。白人學者告訴我，如果用今天的標準來評判威廉．福克納，他可能是一個種族主義；可是用他生活的那個時代的標準，那麼他就不是種族主義。在新墨西哥州，一位印地安作家更是用激烈的語氣告訴我，威廉．福克納在作品中對印地安人的描寫，是在辱罵印地安人。霍華德大學的米勒教授，是我遇到的黑人裏對威廉．福克納態度最溫和的一位。他說儘管威廉．福克納有問題，可他仍然是最重要的作家。米勒告訴我，做為一名黑人學者，他必須關心藝術和政治的問題，他說一個故事可以很好，但是因爲政治的原因他會不喜歡這個故事的內容。米勒提醒我，別忘了威廉．福克納生活在三十年代的南方，他本質上就是一個南方的白人。米勒也像那些白人學者一樣提到了威廉．福克納的生活背景，可是他的用意和白人學者恰好相反。米勒最後說：「喜歡討論他，不喜歡閱讀他。」

這樣的思想和情感源遠流長，奴隸貿易來到美國的黑人和在美國失去家園的印地安人，他們有著完全自己的、其他民族無法進入的思維和內心。雖然威廉．福克納在作品中表達了對黑人和印地安人的同情與憐憫，可是對苦難由來已久的人來說，同情和憐憫僅僅是裝飾品，他們需要的是和自己一起經歷了苦難的思想和感受，而不是旁觀者同情的歎息。

雖然在今天的美國，種族主義仍然是一個嚴重的社會問題，可是它畢竟已經是臭名昭著了，這是奴役之後的反抗帶來的，我的意思是說，這是黑人不懈的流血犧牲的鬥爭換來的，而不是白人的施捨。而當初被歐洲殖民者放任自由的印地安人，他們的命運從一開始就和黑人的命運分道而行，最後他們仍然和黑人擁有不同的命運。這是一個悲慘的現實，對黑人殘酷的奴役必然帶來黑人激烈的抗爭；可是當印地安人被放任自由的時候，其實已經被剝奪的抗爭的機會和權利。

我在新墨西哥州的印地安人的營地，訪問過一個家庭，在極其簡陋的屋子裏，主人和他的兩個孩子迎接了我。這位印地安人從冰箱裏拿出兩根冰棍，遞給他的兩個孩子後，開始和我交談起來。他指著冰箱和洗衣機對我說，電來了以後這些東西就來了，可是帳單也來了。他神情淒涼，他說他負擔這些帳單很困難。他說他的妻子丟下他和兩個孩子走了，因爲這裏太貧窮。儘管這樣，他仍然不願意責備自己的妻子，他說她是一個非常好的女人，因爲她還年輕，所以她應該去山下的城市生活。

在聖塔菲，一位印地安藝術家悲哀地告訴我：美國是一個黑和白的國家。她說美國的問題就是黑人和白人的問題，美國已經沒有印地安人的問題了，因爲美國已經忘記印地安人了。這就是這塊土地上最古老的居民的今天。一九六三年，黑人民權領袖馬丁・路德・金在華盛頓發表了感人肺腑的演說——我有一個夢想。其中的一個夢想是「昔日奴隸的子孫和昔日奴隸主的子孫同席而坐，親如手足。」可是在馬丁・路德・金夢想中的友善的桌前，印地安人應該坐在哪一端？

二〇〇一年二月十日

編註：

1. 《論美國的民主》Democracy in America，台譯：《民主在美國》。

2. 普雷斯利Elvis Presley，台譯：艾維斯・普里斯萊。

3. 馬丁・路德・金Martin Luther King，台譯：馬丁・路德・金恩。

作品對照

原　　文	大陸譯名	台灣譯名
A la recherche du temps perdu	《追憶似水年華》	《追憶似水年華》
Auferstehen	《復活》	《復活》
Barbiere di Siviglia, Il	《塞爾維亞理髮師》	《塞爾維亞理髮師》
Bolero	《波萊羅》	《波麗露》
Cien anos de soledad	《百年孤獨》	《百年孤寂》
Conversations of Goethe（英譯）	《歌德對話錄》	
Cronica de una muerte anunciada	《一樁事先張揚的兇殺案》	《預知死亡紀事》
Democracy in America	《論美國的民主》	《民主在美國》
Divina Comedia, La	《神曲》	《神曲》
Don Juan	《唐璜》	《唐璜》
Ein deutsches Requiem	《德意志安魂曲》	《德意志安魂曲》
English Suiten	《英國組曲》	《英國組曲》
Hernani	《歐那尼》	《歐那尼》
Hochzeit des Figaro, Die	《費加羅婚禮》	《費加洛婚禮》
Iliad	《伊利亞特》	《伊里亞德》
Kindertotenlieder	《追悼亡兒之歌》	《亡兒之歌》

原　　文	大陸譯名	台灣譯名
Lady Macbeth of the Mtsensk District（英譯）	《姆欽斯克縣的馬克白夫人》	《馬克白夫人》
Leningrad Symphony	《第七交響曲》	《第七交響曲》
Letting Go:Morrie's Reflection on Living While Dying	《萬事隨緣》	《墨瑞的最後一課》
Lied von der Erde, Das	《大地之歌》	《大地之歌》
Lord of the Flies	《蠅王》	《蒼蠅王》
Meistersinger, Die	《名歌手》	《名歌手》
Memoirs of Hector Berlioz	《回憶錄》	
Mental Hospital	《心理醫院》	
Merchant of Venice, the	《威尼斯商人》	《威尼斯商人》
Nocturnes	《夜曲》	《夜曲》
Otono del patriarca, El	《家長的沒落》	《獨裁者的秋天》
Passio secundum Matthaeum	《馬太受難曲》	《馬太受難曲》
Prayers of John Donne	《祈禱文集》	
Preludes, Les	《前奏曲》	《前奏曲》
Rhetoric（英譯）	《修辭學》	《修辭學》
Ring des Niebelungen, Der	《尼貝龍根的指環》	《尼貝龍根的指環》
Sadko	《薩特闊》	《薩德柯》
Scarlet Letter, the	《紅字》	《紅字》

原　文	大陸譯名	台灣譯名
Sergei Rakhmaninov:Memories	《回憶錄》	
Sinfonia pastorale	《田園》	《田園》
Skupoy Rystar	《吝嗇的騎士》	《吝嗇的騎士》
Smell Guava, the（英譯）	《番石榴飄香》	
Stabat mater	《聖母悼歌》	《聖母哀歌》
Surprise Symphony（英譯）	《驚愕交響曲》	《驚愕交響曲》
Symphonie fantastique	《幻想交響曲》	《幻想交響曲》
Treatise on Instrumentation（英譯）	《樂器法》	《樂器法》
Turangalila Symphonie	《圖倫加利拉交響曲》	《圖蘭加里拉交響曲》
Verklarte Nacht	《昇華之夜》	《昇華之夜》
Weikefeierd	〈威克菲爾德〉	
Wohltemperirte Clavier, Das	《平均律》	《平均律》

人名對照

原　文	大陸譯名	台灣譯名
Allan Poe, Edgar	愛倫・坡	愛倫・坡
Aristotle	亞里士多德	亞里士多德
Bach, Johann Sebastian	巴赫	巴哈
Balzac, Honore de	巴爾扎克	巴爾扎克
Barnouw, Victor	巴諾哈	巴諾
Bartok, Bela	巴爾托克	巴爾陶克
Beethoven, Ludwig van	貝多芬	貝多芬
Berlin, Isaiah	依塞亞・柏林	以撒・柏林
Berlioz, Hector	柏遼茲	白遼士
Borges, Jorge Lius	博爾赫斯	波赫士
Brahms, Johannes	勃拉姆斯	布拉姆斯
Bruckner, Anton	布魯克納	布魯克納
Bulgakov, Mikhai A	布爾加科夫	布爾加科夫
Casals, Pablo	巴勃羅・卡薩爾斯	卡沙爾斯
Cezanne, Paul	塞尚	塞尚
Chaikovsky, Peter Ilich	柴可夫斯基	柴可夫斯基
Chopin, Fryderyk	蕭邦	蕭邦

原　　文	大陸譯名	台灣譯名
Ciero, Marcus Tullius	西塞羅	西塞羅
Coleridge, Samuel Taylor	柯爾律治	
Dante, Alighieri	但丁	但丁
Dario, Ruben	魯文・達里奧	
Debussy, Claude Achille	德彪西	德布西
Delacroix, Eugene	德拉克洛瓦	德拉克洛瓦
Donne, John	約翰・堂恩	約翰・唐恩
Dumas, Alexandre	大仲馬	大仲馬
Dumond, Rene	迪蒙	迪蒙
Elgar, Edward	埃爾加	艾爾加
Euripides	歐里庇德斯	優里庇底斯
Faukner, William	福克納	福克納
Ford, Tom	湯姆・福特	湯姆・福特
Garcia Marquez, Gabriel	馬爾克斯	馬奎斯
Gardiner, John Eliot	加德納	
Gautier, Theophile	戈蒂葉	
George, Sand	喬治桑	喬治桑
Gluck, Christoph Willibald	格魯克	葛路克
Goethe, Johann Wolfgang	歌德	歌德

原　　文	大陸譯名	台灣譯名
Gogh, Vincent van	凡高	梵谷
Golding, William	戈爾丁	威廉・高汀
Gongoray Argote, Luis de	貢戈拉	
Gould, Glenn	古爾德	顧爾德
Grillparzer, F. Franz	格里爾帕策	
Handel, George Frederic	亨德爾	韓德爾
Hanslick, Eduard	漢斯立克	漢斯里克
Hauptmann, M.	摩・霍普特曼	
Hauthorne, Nathaniel	霍桑	霍桑
Haydn, Franz Joseph	海頓	海頓
Hemingway, Ernest	海明威	海明威
Hesiod	赫西爾德	赫西俄德
Holderlin, Friedrich	荷爾德林	荷爾德林
Homer	荷馬	荷馬
Horatius Flaccus, Quiutus	賀拉斯	
Hugo, Victor	雨果	雨果
Joachim, Otto	約阿希姆	約阿希姆
Kandinsky, Wassily	瓦西里・康定斯基	
Karajan, Herbert von	卡拉揚	卡拉揚

原　　文	大陸譯名	台灣譯名
King, Martin Luther	馬丁・路德・金	馬丁・路德・金恩
Klopstock, Friedrich	克洛普斯托克	克洛普斯托克
Lamartine, Alphonse M. L.	拉馬丁	拉馬丁
Las Casas	拉斯卡薩斯	
Lawrence, David Herbert	D. H. 勞倫斯	D. H. 勞倫斯
Lessing, Gotthold Ephraim	萊辛	萊辛
Liszt, Franz	李斯特	李斯特
Longfellow, Henry Wadswroth	朗費羅	朗費羅
Robespierre, Maximilien	羅伯斯庇爾	羅伯斯比
Mahler, Gustav	馬勒	馬勒
Mallarme, Stephane	馬拉美	馬拉美
Marxsen, Eduard	馬克森	
Mendelssohn Bartholdy, Felix	門德爾松	孟德爾頌
Mendoza, Plinio Apuleyo	門多薩	
Menuhin, Yehudi	梅紐因	曼紐因
Merimee, Prosper	梅里美	梅里美
Messian, Olivier	梅西安	梅湘
Montaigne, Michel de	蒙田	蒙田
Monet, Claude	莫奈	莫內

原　　文	大陸譯名	台灣譯名
Mozart, Wolfgang Amadeus	莫札特	莫札特
Mravinsky, Evgeny	穆拉文斯基	
Musset, Alfred de	繆塞	繆塞
Mussorgsky, Modest	穆索斯基	穆索斯基
Neruda, Pablo	聶魯達	聶魯達
Newman, Ernest	歐內斯特・紐曼	
Ousmane, S. Sembene	謝姆賓・烏斯曼	
Pasternak, Boris Leonidovich	帕斯捷爾納克	巴斯特納克
Paz Solozano, Octavio	奧克塔維奧・帕斯	帕斯
Pericles	伯里克利	
Pfitzner, Hans	費茲納	普費茲納
Picasso, Pablo Ruiz	畢卡索	畢卡索
Plato	柏拉圖	柏拉圖
Pope, Alexander	波普	
Presley, Elvis	普雷斯列	艾維斯・普里斯萊
Proust, Marcel	普魯斯特	普魯斯特
Purcell, Henry	亨利・普賽爾	
Quevedo, Francisco de	克維多	克維多
Rakhmaninov, Sergei Vassillievich	拉赫馬尼諾夫	拉赫曼尼諾夫

原　文	大陸譯名	台灣譯名
Ravel, Maurice	拉威爾	拉威爾
Rimsky-Korsakov, Nikolay	里姆斯基-柯薩科夫	李姆斯基-高沙可夫
Rossini, Gioachino	羅西尼	羅西尼
Rostropovich, Mstislav	羅斯特羅波維奇	羅斯托波維契
Rubinstein, Anton	魯賓斯坦	魯賓斯坦
Ruckert, Friedrich	呂克特	
Sainte-Beuve, Charles Augustin	聖伯甫	
Satie, Erik	薩蒂	薩提
Schoenberg, Anold	勳伯格	荀白克
Schostakovitch, Dimitri Dmitrievic	蕭斯塔科維奇	蕭士塔高維契
Schubert, Franz	舒伯特	舒伯特
Schumann, Clara	克拉拉	克拉拉
Schumann, Robert	舒曼	舒曼
Schwartz, Morris	墨里・施瓦茲	墨瑞・史瓦茲
Serkin, Rudolf	塞爾金	賽爾金
Shakespear, William	莎士比亞	莎士比亞
Sibelius, Jean	西貝流士	西貝流士
Skryabin, Alexander Nikolayevich	斯克里亞賓	史克里亞賓

原　文	大陸譯名	台灣譯名
Socrates	蘇格拉底	蘇格拉底
Solman, Paul	保羅・索爾曼	
Sophocles	索福克勒斯	索福克勒斯
Spontini, Gaspare	斯蓬蒂尼	史邦替尼
Stanton, Alfred H.	阿弗列德・H・施丹頓	
Stasov, Vladimir	斯塔索夫	斯塔索夫
Stokowski, Leopold	斯托科夫斯基	史陶高夫斯基
Strauss, Richard	理查・施特勞斯	理查・史特勞斯
Szymanowski, Karol	許瑪諾夫斯基	
Tocqueville, Alexis de	夏爾・阿列克西・德・托克維爾	
Toscanini, Arturo	托斯卡尼尼	托斯卡尼尼
Toulouse-Lautrec, Henri de	土魯斯-勞特累克	羅特列克
Wagner, Richard	瓦格納	華格納
Walter, Bruno	瓦爾特	華爾特
Yourcernar, Marguerite	尤瑟納爾	尤瑟娜

國家圖書館出版品預行編目資料

靈魂飯／余華著.　--初版. --臺北市：遠流,
2002[民91]
面；　公分

ISBN 957-32-4794-1（平裝）

855　　91020176